桜《さくら》底《そこ》

警視庁異能処理班ミカヅチ

内藤 了

講談社
タイガ

デザイン―館山一大
写真―Getty Images

目次

桜底《さくらそこ》

警視庁異能処理班ミカヅチ

――警視庁本部及び警察庁を含む中央合同庁舎ビルは、大老井伊直弼《いいなおすけ》が暗殺された桜田門外、豊後《ぶんご》杵築《きつき》藩松平《まつだいら》家の跡地に建ち、上空から見ると奇態な形状をしている。

その形状が奈落《ならく》に滾《たぎ》る怨霊《おんりょう》を鎮めるための『呪《しゅ》』であると知る者は少ない――

エピソード1　手足を奪う霊

プロローグ

林立するビルが満月を隠しても、隙間《すきま》に見える光輪は月の在処《ありか》を示している。見えないものは存在しないと言う者は多いが、東京に月は昇らないと言う者はどこにもいない。

十一月の空は澄み切って、ときおり星がチカリと瞬《またた》く。刺すような木枯《こが》らしに足を止めると、踏まれた枯れ葉がクシャリと鳴いた。足を上げると風に煽《あお》られ、縁石に沿って転がっていく。その行く先を眺《なが》めながら、安田怜《やすだれい》はパーカーのフードを引き下げた。指先が冷たいので袖《そで》も引っ張り、あてどなく歩きながら、バイト料のほとんどがスマホ使用料と奨学金の返済に消えたことを考えていた。マズいな、家賃をどうしよう。ゼロからのスタートならばまだいいけれど、借金という大穴を埋めながら生きていくのは難しい。ひと月目に空いた穴は二月目ではとうてい塞《ふさ》げず、三月目には何もかも諦《あきら》めてしまいたくなる。起死回生の一手を打とうとギャンブルや犯罪に手を出して、人は泥沼に塡《は》まっていくのだ。ギリギリで持《も》ち堪《こた》える生活は体よりも心を蝕《むしば》んでいく。

東京はいつもどこかで工事をしている。

怜が進む歩道の脇《わき》にも無機質で白い工事用の仮囲いが続いている。向こうの囲いが外れたと思えば別の囲いが立てられて、街の姿は変わり続ける。まるで完成形を模索して脱皮し続ける生き物のようだ。新しい建物が建ってしまえば、かつての姿を思い出すのは難しい。

その仮囲いは一角を木調パネルにしてガラスケースを填め、内部に屋根違い三社の神棚が祀《まつ》ってあった。脇に書かれた説明板を見て、ああなるほど、と怜は思う。むさ苦しく伸びた髪が北風に弄《もてあそ》ばれて、フードを被《かぶ》っているのに目に入る。

仮囲いの奥では平将門《たいらのまさかど》公の首を祀った将門塚《まさかどづか》が改修工事をしているようだ。六十年ほど前から定期的に改修をしてきたが、令和を迎えた今回は大幅な工事を行うと書いてある。

いつの間に大手町まで歩いたんだろうと、来た方向を振り返ってみた。下ばかり見ていたからわからなかった。

「まあ……どこまで歩いてもいいんだけどさ」

神棚が入ったケースに自分の姿が映っていたので呟《つぶや》いてみた。もともと行き先があったわけじゃない。自分が惨《みじ》めにならないように、行き先があるふりをしていただけだ。

神棚に頭を下げながら、吐《は》く息で指を温めた。歩けば体は火照《ほて》るけど、指や頰《ほお》は氷のようだ。ビル風はときに目を開けていられないほど強く吹く。風にさらされると体温が下がるので、仮囲いを風除《かぜよ》けにして少し休んだ。

こんな場所で……と、怜は思う。

首塚と称する史跡は日本各地に様々あるが、将門の首塚には今も怨霊伝説が生きている。

将門の乱で朝廷に討たれ、平安京都大路の河原にさらされた将門の首級は、腐ることなく夜な夜なカッと眼《め》を見開いて、『胴と繋《つな》いでもう一戦交えよう』と叫び続けたらしい。やがては宙に舞い上がり、胴が埋葬されている東国へ向かう途中でこの場に落ちた。

よほどの無念を感じていたのか怪異はそれで収まらず、関東大震災で全焼した大蔵省（現在は財務省）庁舎を再建するため首塚の場所に仮庁舎を建てたところ、時の大蔵大臣を含む関係者十四名が相次いで亡くなったほか、多数の怪我人《けがにん》や病人を出した。

さらには戦後、米軍が首塚を壊そうとしたところ、重機が横転して死者が出た。高度成長期には首塚の一部が売却されたが、その場所に建った銀行では、首塚側の部屋で業務をしていた行員たちに不調や病《やまい》が多発したという。

近代的なビルの合間で首塚は一種独特の風情を醸《かも》し出《だ》していたのだが、こうして仮囲いに囲まれてしまえば、見た目の恐ろしさは感じない。けれど怜がその場に立てば、足裏に針を刺すような凄《すさ》まじい力の発現を感じる。

――時が来る……その時が来るぞ……――

と、どこかで声がしたようだった。

風は生臭く、不穏な気配が肺の裏側を擦っていく。フードが落ちるに任せて顔を上げ、前髪の隙間から空を仰げば、ビルの明かりが規則正しく伸びている。フードを脱いで、目を閉じて、怜は深く息を吸う。ヒリヒリと風が血管を侵していく。

「……殺気がするなぁ」

口の中で呟いてから目を開けた。ビルの輪郭《りんかく》で歪《いびつ》に切り抜かれた夜空に浮く雲は、トカゲの幼体のような色をしている。なんだか背筋が寒くなり、この場を去ろうと踵《きびす》を返すと、こちらへ向かってくる二人の男に気がついた。

コツ、コツ、コツ。響くのは、高級そうな靴音だ。一人はガッチリとして背が高く、一人は小柄《こがら》で猫背だったが、見ず知らずの通行人に怜が興味を惹《ひ》かれたわけは、背の高いほうが影を背負っていたからだった。

それは巨大で不穏な影だった。炎にも触手にも見える何かが揺れて、わずかあと、それが生首の形と知った。触手に見えたのはザンバラ髪で、怒りを含んで燃え立っている。

首塚で生首を背負った男に会うなんて、これが不吉の兆候でなくてなんだろう。

コツ、コツ、コツ……二人の男は近づいてくる。殺気がさらに凄まじくなる。

どうするんだ。と、怜は自分に心で訊《き》いた。

人間関係のトラウマがある。怪異を見たからよかれと思って忠告すると、結果はほとんど裏目に出るのだ。ある人は失礼なヤツだと激怒して、ある人は嘲笑《ちょうしょう》しながら調子だけ合わせ、別の人は哀《あわ》れみのこもった眼差《まなざ》しを向けてくる。病院へ行けと言う人もいる。

真剣に忠告を聞く人はなく、結果として彼らは不幸な目に遭い、やがてはそれが怜のせいだということになる。どうしてそれを知っていたんだ。どうして事前に知れたんだ。おまえが犯人だからだろう。人の不幸が楽しいか、気味の悪いヤツめ、死神め。

ならば黙っていればいい。何も見なかった、知らなかった。関係のない相手だし、教えてあげる義理もない。けれど、でも……。

怜は少し唇《くちびる》を噛《か》み、袖の中で拳《こぶし》を握って歩き出した。そしてすれ違う瞬間に、

「そっちへ行くのは凶ですよ」

と、背の高い男に忠告した。

不幸を見過ごすのは恐ろしい。どうせわかっちゃもらえないけど。そう考えて、無力感と絶望感に襲われた。相手はぼくを気持ちの悪い若者と思うか、もしくは酔っ払いの戯《ざ》れ言《ごと》と思うことだろう。男二人は立ち止まり、背の低いほうが、

「え?」

と訊《たず》ねた。

説明を連ねても怒らせるだけとわかっているから、フードに顔を隠して行き過ぎる。北風が街路樹に吹き付けて、木の葉が宙を舞っている。怜は握った拳を上下に振った。

「言うことは言った……言うことは言った……言ったんだ」

呪文《じゅもん》のように唱えながらも、彼らの靴音に耳を澄ませる。

引き返せ、首塚へ行くとマズいことになるぞ。あんたに死霊が憑《つ》いているんだよ。はっきり言えたらどんなにいいか。けれどそれを言ったとしても、聴く耳を持ってもらえなかったら意味がない。ぼくは死霊を祓えない。できるのは、彼の運命を予言して不快にさせるか、怖がらせることだけだ。

靴音はしばらく立ち止まったが、やがて仮囲いされたビルのほうへと移動を始めた。

そりゃそうだよな。怜は舌打ちをして足を速めた。心の中で良心が嵐のように荒れ狂う。あいつは死ぬぞ。わかっているのか？　人がひとり死ぬんだぞ？　それでいいのか、おまえはいいのか。怜はそれに抗《あらが》って言う。じゃあ、どうしろっていうんだよ？　今までだって、ずっと、何回も、繰り返してきた惨めな思いをまたしろと？　誰がぼくの言葉を聞いた？　それで誰かを救えたことが一度だってあると思うのか？　丁寧《ねい》に説明しても、絶対理解してもらえない。背中に生首が憑いていて、それがあなたを狙《ねら》っていますと話しても、苛《いら》つかせて、嗤《わら》われて、怒らせてから死なせるだけだ。

だからぼくに責任はない。

「言うことは言った……言うことは言った……言ったんだ」

怜の呟きは足下に落ち、それを聞いた落ち葉は北風に舞い上がり、仮囲いを越えて首塚のほうへと飛ばされていった。

其《そ》の一　肢解《しかい》刑場跡地の怪

十二月上旬。すでに日も暮れた午後七時過ぎ。怜はアルバイト先のコンビニにいた。

間もなくシフトは終わりだが、夕食用に弁当が売れる時間なので、販売ケースの状況を見ながら商品を補充している。この時間にお茶を買いに来る四十がらみの女性がいて、水曜日には大抵オムライスを買っていくので、バックルームで『オムライスの君』と呼ばれている。週に一度オムライスを買うのは自分へのご褒美《ほうび》なのだと、その人が恥ずかしそうに話してくれたことがあり、それ以来、怜は水曜日の夕刻になるとゴールデンゾーンからオムライスを外して売り切れないように配慮をしている。頼まれたわけではないけれど、棚にオムライスを見つけたときの、彼女の嬉《うれ》しそうな顔が見たいからだ。

「安田くん。そろそろあがっていいよ」

レジに入ってきた店長が言う。

この夜はなぜか客足が伸びず、女性もまだ買い物に来ていなかった。

「わかりました」

と言いながら跪《ひざまず》き、幕の内弁当の後ろにオムライスを移動した。

――いつもそうやってくれていたのね――

声を聞いた気がして振り向くと、隣に彼女がしゃがんでいた。

「あ、どうも」

面食らいながらも「オムライスありますよ」と、弁当を指すと、

「おいしいのよねえ。これ、大好き」

彼女は静かに微笑《ほほえ》んだ。

買い物カゴを持つわけでもなく、膝《ひざ》に両手を載せている。

「今日は買わないんですか？」

「そうなのよ。今日はね」

彼女は髪を耳にかけながら怜のネームプレートを覗《のぞ》き込《こ》んできた。

「安田くんっていうのよね？　いままでずっとありがとう」

怜はハッと気がついた。

この人は、もうオムライスを買うことができないんだ。

「なにかあったんですね」

訊くとサバサバした顔で笑っている。

「うん。ここへ来る途中でね」

彼女はコンビニの外を指さした。

遠くから救急車のサイレンが近づいてくる。店長は首を伸ばして外の様子を見ていた

が、すぐに無言で出ていった。サイレンはさらに激しくなって、野次馬たちが移動していく。隣の彼女は頷《うなず》いた。

「アラフォー、独身、彼氏ナシ。でも、ここのオムライスは好きだった」

「死んじゃうんですね？　いま臨終ですか？　がんばって生きようとすれば……」

と、怜は訊いた。

「それはイヤ。もういいの。もう限界まで頑張ったから」

彼女はふうと立ち上がり、バイバイするように耳のあたりで指を振り、砂時計の最後の砂のように床にほどけた。怜の吐く息が白く凍《こお》って、コンビニの外はますます騒がしくなっていき、そして血相を変えた店長が戻ってきた。

「安田くん、事故だよ、あの人、うちのお客さん、『オムライスの君』が撥《は》ねられたんだよ。今、救急車に乗せられているよ」

立ち上がって店の外に目を向けたけど、事故の様子が見えるはずもない。

「いや驚いたなあ、大丈夫かなあ。たいしたことないといいんだけどな。まさかうちへ来ようとして事故に遭ったとか……別にうちのせいじゃないんだけどさ……それにしてもこの辺は事故が多いよ、気をつけないと」

入口のドアが開いて、お客さんが入ってくる。

事故が気になるのか買い物カゴの横で振り向いて、事情を問うように店長を見た。

「いらっしゃいませ、こんばんは」

と、店長は言った。次のバイトもバックルームから来て、「いらっしゃいませ」と言う。客はカゴを手に取った。ほんとうに、自分のシフトも、自分の役目も、終わったんだと怜は感じた。レジ前で店長に頭を下げると、

「安田くん、販売時間を過ぎた唐揚げあるから持って帰って」

と、声をひそめる。ありがとうございます、と怜は答えた。

「それで、悪いけどゴミの交換してってくれないかな？」

「いいですよ」

怜は制服のままバックルームへ入り、ゴミの袋を持って外へ出た。

通りの向こうでパトカーのライトが点滅しているが、野次馬の陰《かげ》になっていて様子は見えない。ゴミ箱を開けたとき、救急車がサイレンを鳴らし始めた。あの人の魂は、きっと体を追いかけない。『限界まで頑張ったから』そう答えたときのサバサバとした表情を思い出しながら、怜は一杯になったゴミの袋を地面に投げた。

アラフォー、独身、彼氏ナシ。でも、またオムライスを買いに来てほしかった。レジでバーコードを読み取るとき、彼女が見せるはにかんだ笑顔が好きだった。

もしかして、そう伝えてあげればよかったのかな。水曜日のあなたの笑顔を、店長もぼくも楽しみにしていたんですと告げたなら、彼女は生きようとしてくれただろうか。

コンビニのウインドウに自分の姿が映っていた。ボサボサに伸びた前髪がほとんど顔を隠していて、痩《や》せて小柄で覇気がなく、泣きたいような口をして、ぼんやりと立った自分の姿が。その人が生きたいか、そうでないのか、どうしてぼくにわかるだろう。限界まで頑張ったと言ったあの人を、もし、勇気づけてあげられたとして、ぼくにできるのはオムライスを隠しておくことぐらいじゃないか。それは彼女を本当の意味で生かしたことになるのかな。

ヒロインが去った事故現場から、野次馬が次々に引き揚げていく。

怜は自分の姿から目を逸らし、新しい袋をゴミ箱にセットして、分別されているかを確認した。缶の袋に入れられた弁当の空き箱を燃えるゴミの袋に移し、それぞれの口を固く縛ってゴミ箱の蓋《ふた》を戻した。死角になった場所にゴミを置き、報告のため店に戻ると、さっきの客が会計を終えて出ていくところだった。

「袋を替えました。着替えて集積所へ持っていきます」

店長に言うと、店長は廃棄される唐揚げをレジの陰に置きながら、

「助かるなあ。この時間になると、怖くてさ」

と、眉尻《まゆじり》を下げた。

「あと、ペットボトルのお茶を一本買って帰ります」

「いいよ、打っておくよ。なに?」

「ホットのほうじ茶でお願いします。二百八十ミリの」

オッケー、と店長が言うのでバックルームへ入って着替え、支払いをしてお茶と唐揚げを受け取った。店長は怜の生活が厳しいのを見抜いて、失敗作や余った品を時々融通してくれる。その代わりと言ってはなんだが、暗くなってゴミを集積所へ運ぶのは怜がやることが多い。お疲れ様でしたと言って外へ出ると、喧騒《けんそう》はすでに鎮まっていたが、パトカーはまだいるらしく、周囲のビルが回転灯の光を赤く照り返していた。

一階にコンビニがあるこのビルは、目隠し壁の奥にゴミ集積所があり、人感センサー式の照明がひとつだけ設置されている。その場所は日中でも薄暗い上に、真夜中にゴミ捨てに来ると、すでに照明が点《つ》いていることがあるのだ。もちろん真っ暗なゴミ捨て場には人などいない。ゴミ捨てを終えて照明が消えたのに、裏口を曲がるときにまた明かりが点いたりするとゾッとして、何度かセンサーを交換したものの同じ現象は続いている。そんな理由で店長は夜のゴミ捨てを怖がるのだ。

隅《すみ》に寄せておいた回収ゴミを持って集積所へ運んでいく。目隠し壁を回り込むと、人感センサーが怜を感知して明かりが点いた。手にしたゴミを前のゴミに積み上げてから、怜は集積所の片隅に跪き、ポケットからナプキンを出してアスファルトに敷いた。店長がくれた唐揚げをひとつ置き、紙コップに少しだけお茶を注いでその横に置く。

怜は立ち上がり、「爺《じい》さん」と囁《ささや》いた。

空き缶やペットボトルや燃えるゴミ。それらはすべて押し合うようにして半透明の袋に詰め込まれている。廃棄食品が別ルートで回収されるようになる前は、ここに売れ残りのパンや弁当が、透けて見える状態で捨てられていたのだという。

怜は踵を返して集積所を出た。

明かりはすぐに消えたのだが、数歩歩くうちに、またライトが点いた。

ペットボトルをぶら下げて、怜は夜間工事のバイトへ向かう。オムライスの君が向かった空には、ささやかな星が瞬いている。

このコンビニでシフトが同じになる相手、店長と、常連客。ぼくの世界にいる人たちも、せいぜいそんなところです。もしも貴女と同じ状態になったら、ぼくの魂も体を追いかけたりしないと思う。ぼくだっていつも考えている。安田怜をリセットしたいと。

工事現場へ向かう途中の公園で、ガードパイプに腰を掛け、残りの唐揚げとお茶で夕食にした。コンビニから近いこの公園は、建物の陰になっているので風がそれほど強く吹かない。ベンチは尻《しり》が冷えるので、ガードパイプがあるのもありがたい。隣が公衆トイレでその前が五階建ての安アパートで、景観は悪いが文句は言うまい。

古びた街灯の明かりは暗く、道端《みちばた》の水溜《みずた》まりに丸い光が映り込む。冷えた唐揚げはいつもの味だが、栄養を取るために我慢して食べる。この時間、安アパートにはほとんど明かりが点かない。明かりのある部屋にいるのは留守番の子供か年寄りだ。みんな必死に暮らしているのだ。ボロでも、古くても、住む場所があるのはありがたい。オムライスの君は、どんな部屋に暮らしていたのかな。

暗いアパートを見上げて唐揚げを咀嚼《そしゃく》する。

おまえはどうだ。と、頭のなかで誰かが訊いた。

勝手に産んで、捨てられて、根無し草のように生きているおまえは？

怜はグビリとお茶を飲む。

ただ寂《さび》しくて、あの人に生きてほしいと願った。でも、それはぼくのエゴかもしれない。

パサついた唐揚げをお茶で飲み下して、怜は足をブラブラさせた。人はどこかで生きることを諦めるのか、それとも、十分に生きたからもういいと思うのか。『でも、ここのオムライスは好きだった』と彼女が言ったとき、それには『ここのコ、ン、ビ、ニ、で買うオムライスは好きだった』という意味は含まれていなかったんだろうか。『また買いに来てくださいね。待っているから』そう告げたなら、彼女は生きようとして体に戻ってくれただろうか。ぼくならどうした？　生きたかな？

風が吹き、カラカラした葉っぱがガードパイプの下を転がった。怜は最後の唐揚げを口に押し込んだ。空っぽの袋を片手で丸めると、少しだけ手のひらが温かく感じた。

最初のときはヨーグルトだった。紙コップに少しだけ入れてゴミ集積所の地面に置いておいたら、次の朝には中に虫が入っていた。しばらくしてからプリンを置いた。アリで真っ黒になっていた。おかゆ、おにぎり、クリームパン、ようやく今夜は唐揚げになった。

「馬鹿《ばか》だな」

と、怜は自分に言った。

オムライスの君はもういない。時々心が通い合うと感じた数少ない知り合いなのに、その人はもういない。なんの責任も取れないからと、彼女をぼんやり見送って、それを今頃後悔している。やっぱり自分はポンコツじゃないか。異能のポンコツ。同じ空間の同じ時間軸に存在しても、見ている世界がみんなと違う。それがなにかの役に立つならいいけれど、気味悪がられて、疎《うと》まれて、嗤われるだけなんて。

簡素な晩飯を食べ終わると、怜はゴミ箱にゴミを捨て、徒歩で小一時間ほどかかる工事現場へ向かった。ポケットに手を突っ込んで公衆トイレを曲がった先で、スマホが鳴った。自分の異能を疎みながらも、怜はそれを用いて副業をしている。友人も家族もいないから、スマホが鳴るのはSNSに副業の依頼がきたときだけだ。もしかして、これで家賃を払えるかもしれない。今のところを追い出されたら、保証人のいない怜がまた部屋を借りるのは至難の業だ。

風の来ない場所まで移動してからメッセージを開くと、短文だった。

──体に鱗《うろこ》　対処できるか──

前フリも、挨拶《あいさつ》もない。

パーカーのフードを引き下げて、左手を腹で温めながら、怜は右手でキーを打つ。

──魚鱗《ぎょりん》ですか　鱗甲《りんこう》ですか──

返信すると相手は少し時間を置いて、

──爬虫類《はちゅうるい》の鱗だ──と、答えた。

「うぁ……マジかぁ……」

困ったように眉をひそめて、スマホの角で額を掻《か》いた。

「どうしようかなぁ……うーん……それってヤバいやつだよなぁ」

けれど『ヤバいやつ』だからこそ受けてくれる霊能者が現れず、それで自分のところへ流れ着いてきたともいえる。少し考えてから、

──どこかの禁足地に立ち入りましたか？──

と、相手に訊いた。

──そうだ　なんとかできるか──

「うーん……」

それでも結論を出せずにいると、薄暗い道を車が通った。電柱のシミをライトが照らして、夜の一部を切り取りながら去っていく。

どんよりした夜で、湿った下水の臭《にお》いがしていた。

――即金で十万払う――

待ちきれずに相手は言った。怜の指が返信を打つ。

――足つき十五万円頂きます　危険なので――

今度は相手が考えているようだった。はあ？　十五万だ？　ふざけんな。と、向こうの気持ちが脳裏に響く。けれどもその二秒後に、相手は、

――わかった――

と返事をよこした。

よし、これで家賃が払えるぞ。怜は寒さに震えながら自分を鼓舞し、待ち合わせ場所について返信をした。


一刻を争う事態と判断したので、翌日はコンビニのバイトを休んだ。

正午過ぎにドラッグストアへ寄って痛み止めと包帯と消毒液と日本剃刀《かみそり》を買ってから、怜は待ち合わせ場所へ向かった。八王子駅から近いアーケード街のバス停である。そこは歩道の奥に公園があり、前がバス停なので短時間なら車を止められるのだ。十二坪程度の公園はモニュメントと樹木とベンチだけしかなくて、おばさんがベンチに腰掛けて饅頭《まんじゅう》

を食べていた。陽の当たる場所は暖かく、日陰《ひかげ》は寒い。アーケード後方の日向《ひなた》に立っていると、窓に違法のスモークフィルムを貼《は》った高級車が滑《すべ》り込《こ》んできてバス停に止まった。見るからにその筋の車だったので、しらばっくれて逃げてしまおうかと考えていると、

「お待たせしました」

強面《こわもて》の男が後部座席から降りてきて、怜の前に立ち塞がった。

男は三十すぎで、紫暗色のスーツに縞《しま》模様のシャツを着て、濃いサングラスをかけている。口調も身振りも丁寧だが、触れば斬《き》れる日本刀のような雰囲気がある。助手席と運転席からもチンピラが出てきて、あれよという間に囲まれた。一人はスキンヘッドにスタジャンを着て、運転手はモヒカン刈りだ。

「兄ちゃんが祓《はら》い師さんか?」

金の虎《とら》を刺繍《ししゅう》したスタジャンのチンピラが、早く乗れというように後部座席のドアを押さえた。奥にはすでに若い男が乗っていたので、鱗の障《さわ》りに苦しむ相手と察しがついた。

「どうした、乗れよ」

と、サングラスが笑う。

「早う乗らんかい、足つきゆうたの兄ちゃんやろが」

ガムをクチャクチャ言わせながら、モヒカンはこれ見よがしに貧乏ゆすりをする。まと

もに話ができそうなのはサングラスだけだと悟って怜は言った。

「前金でいいですか」

「あんだと？　ごるぁ！」

モヒカンが凄《すご》むのをサングラスが手で止めて、懐《ふところ》から抜き出した金封を怜の胸に叩《たた》きつけてきた。ニッと歯を見せて、「乗ってください」と、命令する。

怜はその場で封筒の中身を確認してから後部座席の中央に座った。横にサングラスが乗ってきて、ドアが閉まる。

「若頭《わかがしら》の前で金の確認さらすとは、兄ちゃん、エエ度胸しとんな、あ？」

助手席からスタジャンが威嚇してくる。

怜は封筒を懐にしまうと、買い物を入れたザックを膝に抱《かか》えた。

「祓い師の兄さんよ。先ずは何がどうなっているのか説明してくれ」

若頭と呼ばれたサングラスが訊く。怜は隣で俯いている若い男をじっと見て、自分の想像が当たっていたことを知った。やはり一刻を争う事態だったということだ。

「この人は、餌《えさ》になりますよと立候補したんです」

「なんだと？　んなわけねえだろ、肝試しに行っただけだぞ」

スーツの袖を引っ張りながら、若い男が嚙みついてきた。

「本人がそう思ってるだけです。それに、ほかにも誰かいたんですよね？」

「な、なんだよ、なんでテメエにそんなことがわかるんだよ」

「でなきゃその場で殺されていたはずだからです」

違いますかと訊ねると、若い男はプイッと顔を背けてしまった。サングラスが訊く。

「立候補とはどういう意味だ」

説明が面倒臭いなあと、怜は小指の先で額を掻いた。

「たぶんネットのオカルト板とかで記事を読み、興味本位で出かけたんだと思いますけど――」

そのとおりだよと言うように、若い男は背中を丸めた。

「――ネットで定期的にバズるこの手の話は大抵裏があって、物見高い連中を呼ぶ仕掛けだったりするんです。鱗は『自分のもの』という印で、俺の餌だから手を出すなよと、ほかの化け物に言ってるんです。そこへ行ったの、昨晩ですよね？」

「なんだよ……俺の餌って……」

若い男は震え始めた。

「だいたい数日程度で鱗から本体が出てくるらしいです。早くしないと、今晩には襲ってくるかもしれません」

「襲ってくるとはどういう意味だ？」

「そのままの意味です。現地で何があって、連れの人がどうなったのか、あなたは知っていますよね？　今夜には、あなたがそうなるということですけど」

若い男は両手で自分の耳を塞いで、怜に背中を向けてしまった。

「で？　どうすればいい」

と、サングラスが訊く。気を吐くチンピラの何倍も恐ろしい雰囲気を持っている。

「鱗の原因になった場所へ行ってください」

窓に全身を向けていた若い男が悲鳴を上げた。

「なんでだよ！　あんな場所へは二度と行かねえよ」

「行かないと助かりませんよ」

怜は男を覗き込む。彼は自分より少し年上に見え、真意の読めない顔をしていた。たぶん頭が空っぽなんだ。だから怜はサングラスに言う。

「面白半分でネットのネタに食い付いて禁足地を侵したためにロックオンされたんです。鱗が出たのが腕や脚なら助かる見込みがありますが、腹や背中だと無理かもしれない」

「若社長」

見せてやれと言うように、サングラスが顎《あご》をしゃくった。

男は厭《いや》そうに上着を脱ぐと、怜の前に腕を出し、青いシャツの袖をめくった。左腕の肘《ひじ》から下が十二センチ×十センチほどのケロイド状になっていて、そこに灰色の鱗甲が浮き出している。皮膚が変化したのではなく、皮膚の裂け目から別の何かが覗いているといった状態だ。菱形《ひしがた》の鱗は蛇を思わせ、呼吸するように波打っていた。

「腕ですね。まだなんとかなるかもしれない」

「どこへ行きゃいいすか？」

モヒカン運転手が訊く。

「大和田《おおわだ》の刑場跡から山へ入って……」

若社長と呼ばれた男は、ようやく行き先を指定した。二人がルートを打ち合わせている間に、サングラスは声をひそめて怜に訊いた。

「その場所へ行けばなんとかなるのか」

怜はドラッグストアで買ってきた品をザックから出すと、膝の上に置いて考えた。

ほら、まただ。毎度ここが面倒臭いのだ。結論だけ伝えて納得してもらえればいいけれど……と、隣の若社長を盗み見る。命の危険が迫っていると、この人は本当にわかってるのかな。すべて自分が招いたことだと。そして思わず溜息を吐く。

「兄さん、冗談はナシでいこうぜ」

サングラスを少し下げ、若頭は刺すような眼差しを怜に向けた。

方法はひとつしかないんだ。でも問題は、軽々しく禁足地に踏み入るバカがそれを納得するかどうかだ。言うことだけ言え。と、心の中で自分が囁く。言うことだけ言ったあと、どうするかは奴《やつ》らが決めればいいじゃないかと。

「同じ場所へ戻るのは、禁足地から『それ』を出さないためです。印を外に残してしまうと、そこから本体が出入りして禁足地の意味がなくなってしまうから。やり方としては」

怜は大きく息を吸い、言いにくいことを一気に告げた。

「陽のあるうちに囲いに入って鱗部分をそぎ落とす。日本剃刀を買ってきました」

「は？　ふざけんなよ」

若社長は目を剝《む》いて、怜の襟をグイと摑《つか》んだ。

「なんだよ、鱗をそぎ落とすって、俺の腕にくっついてんだぞ」

「皮膚を削るだけなんだから、両腕をもがれるよりはいいでしょう」

「……てめ……どうして、それを、知ってん、だよっ」

さらに襟を絞めてくる。苦しさで怜は眉をひそめた。

「あと脚も」

「ひいっ」

若社長は怜を解放し、自分の頭を抱えてしまった。

「兄さん、説明してくれないか。うちの若社長は何をやらかして、どうなっているんだ」

そう訊かれても、怜自身の知識だって噂《うわさ》をつなぎ合わせた程度にすぎない。乱れた襟を引っ張って、怜は言った。

「肝試しに行ったのが『やらかした』ことで、『どうなっているか』と言えば、命の危険にさらされています。ていうか、高額祓い師のぼくにメールしてきたくらいだから、事態が切迫していることはわかっているわけですよね？」

違いますかと訊くと、若頭も身を乗り出して、怜越しに若社長を睨み付けた。

「若社長も。きちんと話さなきゃオトシマエのつけようがないですぜ」

若社長は窓に向いたまま、両膝を抱えて蚊の鳴くような声で、

「拾った女が言ったんだ。飲んでて、オカルト掲示板の話になって、かんかんなんたらって化け物の話でよ……その場所がどこか知ってるのって自慢げに……そのうち女が煽って来やがって、腹立ち紛れに軽い気持ちで……」

すると金の虎柄がスキンヘッドを抱えて訊いた。

「うひゃ、ヤベえ。それって姦姦蛇螺《かんかんだら》じゃないっすか？　2チャンの『洒落柿《しゃれがき》』に出てくる妖怪っすよね……あれってホントにいたんすか」

「金網で囲んであったんだよ。クソ気味の悪いところなのは確かだけど、化け物なんかいやしねえんだ。くだらねえ話で山ん中まで連れて来やがって、と罵倒したら、その女、『フェンスの中に入らなきゃ出て来るわけないでしょう』って……」

若社長は震え始めた。

そして禁足地に入ったんだ。ソレが現れ、女が喰われ、この男だけが逃げてきた。

「そりゃなんだ」

と、サングラスは金の虎柄に訊ねた。

「洒落柿ってのは、シャレにならないほど怖い話を集めたオカルト板のスレッドです。姦姦蛇螺はそこに投稿された話に出てくる化け物で、上半身が巫女《みこ》で六本の腕を持ち、下半身は蛇っぽいけど、全身を見たら助からないと言われてんすよ」

「馬鹿言うな」

サングラスは鼻を鳴らした。

そう思うならどうしてぼくに連絡してきた？　怜は心で呟いた。でも報酬は受け取ったのだし、金がないと困るのはぼくなんだ。

「いえ。彼の言う通りだと思います。じゃなきゃ腕の鱗をどう説明するんです？」

しばし眉間に縦皺を刻んで考えてから、

「見たんですか、若社長」

サングラスが訊ねると、若社長は激しく頭を振った。

強面男はサングラスを外して怜を睨《にら》んだが、怜が動じることはなかった。死ぬより恐ろしいことなんて、この世にいくらでもあるものだ。

高級車が向かった先は信じられないほどの山だった。

最後の村落を過ぎたあたりから車道の舗装もおざなりになり、ついにはアスファルトの亀裂《きれつ》に草が生《は》えるような悪路となった。両脇に藪《やぶ》が迫って高級車のボディを擦るので、モヒカンはスピードを落とした。

「本当にこんなとこまで来たんすか」

虎柄が訊く。

若社長は助手席のヘッドレストを摑んで前方を指した。

「もう少し行くと左側にでっけえ木がはみ出してるから、その手前に右へ曲がる道があるんだよ」

車のタイヤが悪路を踏んで、振動が直《じか》に伝わってくる。どこからか、ドブのような悪臭がした。十二月というのに森は落葉しておらず、茶色い葉っぱを枝先に張りつけたまま、森全体が乾いて死んでいるかのようだ。チリチリと石を踏みながら進んでいくと、草藪《くさやぶ》が二重になっている。脇道があるからだ。

「うへぇ……気持ち悪っ、なんじゃいここは」

ゆっくりとあたりを見回しながら、モヒカンが文句を言った。

「真夜中にこんなとこまでよく来ましたね。俺ぁ『出入《でいり》』は怖かねえけど、オバケってぇのはどうもなぁ……タマが縮むってぇか、なんてぇか」

「酔ってたんだよ」

と、若社長は言うが、そうではなく、肝試しに誘われたとき、すでに魅入られていたのだろう。ギャア、ギャア、ギャア……どこかで赤ん坊の泣き声がする。

「どっかでガキが泣いていやすぜ」

「ガキじゃなくて梟《ふくろう》ですよ」

怜が言うと、「肝が据わってる上に物知りだねえ」とサングラスが低く笑った。

「西村《にしむら》。こんな若造に任せてホントにいいのか――」

なぜなのか、突然若社長はイキり始めた。

「――普通はあれじゃねえのかよ、護摩《ごま》を焚《た》くとか呪文を唱えるとか、悪霊退散みたいにするんだろうが、皮を剝ぐ？　そんで十五万も取るのかテメエ」

怜は動じず、嚙んで含めるように答えた。

「護摩や呪文でどうにかできる程度の相手なら、山奥の禁足地になんか閉じ込めていませんよ。姦姦蛇螺の正体は村人に両腕を斬られて大蛇に吞《の》み込《こ》まれた巫女だという話になってますけど……注連縄《しめなわ》で括《くく》られた六本の木、水瓶《みずがめ》と、怪物を象《かたど》る謎《なぞ》の木切れ、それに触れさえしなければ安全だと思ったんでしょ？　でも、伝聞は真実の一部にすぎなくて……」

「何が言いたいんだよ」

怜はひとつ溜息《ためいき》を吐《つ》き、「つまりは、ですね」と、若社長ではなく西村と呼ばれたサングラスのほうを見た。その間にも車は進み、舗装もされていない脇道へ入った。

草ぼうぼうの砂利道は、若社長が車で来たときの跡が轍《わだち》になって残っている。

「シカイという言葉を聞いたことがありますか？」

「知るかよ」

と、若社長が背中で答える。

「これはぼく個人の勝手な解釈ですが……『肢解』というのは拷問刑のひとつです。人の手足を切り落とし、塩漬けにして生かしておくんですけれど……西太后《せいたいこう》の話が有名で、皇帝の寵愛《ちょうあい》を受けた美姫《びき》の手足を切り落とし、瓶に塩漬けにして幽閉していたという」

「エグい話だが、うちの社長とどんな関係があるのか、わからねえな」

西村が訊く。

「記憶は風化していくけれど、穢《けが》れは土地に残るんです。すぐに死ねない場合は特に、恨《うら》み辛《つら》みが魄《はく》となって地中に溜まると言われます。『魂魄《こんぱく》この世に留まりて』って言葉を聞いたことないですか？　魂は抜け出るもので、魄は地中に溜まるもの。死者が出た場所の床下を掘ると、土中にドロリと溜まっているのを見られるそうです」

「箔《はく》をつけるための怪談話か」

西村はまた鼻で嗤った。

「さっきから、ぼくには並んだ桶《おけ》が見えるんです。塩漬け桶から首だけ出して、日干しにされて、死ぬに死ねない罪人たちが手足を求めて呪詛《じゅそ》を吐いてる。大昔、フェンスの奥には刑場があったんだと思います。ものすごくたくさんの人が惨い殺され方をした。同じ苦しみを味わわせたいと死ぬまで願った。あなたはさっき十五万円が高いと言ったけど、そんな場所へ入るってことは、ぼくら全員死ぬかもしれないわけですよ。畏怖《いふ》の念を持たない人は面白がってそういう場所に来たがるけれど、あなたが生きてる本当の理由は、こうやって別の餌をおびき寄せるためだったのかも」

若社長の顔に怯えが浮かぶ。彼はわずかに腰を折り、サングラスの顔を盗み見た。

「興味本位で来たわけじゃねえ。俺だって色々あるんだよ」

詫びるように呟くと、

「早く行け」

と、前の席にいる虎柄の頭を殴った。

脇道は数メートル先で唐突に行く手を塞がれていた。

どんつきに高さ三メートル以上もある金網フェンスが立ちはだかって、草の中をどこまでも続いている。天辺《てっぺん》の鉄条網には注連縄が張り巡らされ、フェンスの前の立て札にはベニヤ板に墨文字で、

――これより先に立ち入る者は死を覚悟せよ――

と書かれていた。

汚い手書きの文字なので、妙な迫力と不気味さがある。

フェンスの奥はただの荒れ地で、噂に聞く六本の木は見えない。ギャア、ギャア、ギャア……森のどこかで梟が鳴く。西村が最初に車を降りて、虎柄が続いたが、若社長が外へ出ようとしないので、怜は仕方なく西村側から草むらに立った。

地面には細長い草が生え、腰のあたりまで茂っている。

「降りないんすか」

と、モヒカンが若社長に訊く。

西村が回り込んできて後部座席のドアを開けると、若社長はようやく車を降りた。屈んだスキに札入れが落ち、慌てて拾う。これから腕の皮を剝ごうというのだから当然かもしれないが、緊張で顔が強《こわ》ばり、耳まで真っ赤になっている。若社長の話通りに、道から少し入ったところで金網フェンスの一部が切り取られていて、人が入れる程度に折り曲《かが》げてあった。

「なあ、ホントに俺のここを切るのか？　ほかにやり方あるんじゃねえのか」

今さらながらに若社長が訊く。完全に腰が退けている。

「切らなきゃ死にますよ。オカルト板にもあったでしょ？　禁を犯した少年たちは、一人が全身硬直した上に、痛い痛いと苦しんだって。放っておけば塩漬けの痛みと苦しみを存分に思い知らされてから死ぬんですよ」

「や。オカルト板では助かるんだぞ。拝み屋のところへ行って、何日かして助かるんだ」

「そう書いておかないと、あなたみたいな人を呼べないからですよ」

「そいつも体を切ったってか？　そんなことは書いてなかった」

死ぬか生きるかというときに皮を剝ぐのをためらうなんて、滑稽《こっけい》を通り越して呆れてしまう。あんなに説明したというのに、今夜にも起きる本当の恐怖をわかっていない。

家賃のためとはいえ気持ちが萎《な》えるのはこういうときだ。本人が助かろうとしないのに、どうしてぼくが命を賭けなきゃならないんだろう。オカルトに惹かれるヤツってこんなのばかりだ。物見遊山で近づいて、助けてくれというくせに、説明すると信じないという。

「冬だし、三時を過ぎたらうす暗くなってきますよ。太陽があるうちに中へ入って、腕の鱗を切り取って、地面に捨ててから出てください。それで命は大丈夫です。ただし入ってすぐにやらないと気付かれるので、時間はほとんどないですけどね」

そう言ったとき、西村に首根っこを摑まれた。

「能書きはいいから一緒に入ってもらおうか。わかってると思うが、鱗を切っても若社長が助からなかったら、おまえも同じ目に遭わせるぞ」

フェンスの穴まで引っ張っていかれ、腹にザックを抱えたままで草むらに押し倒された。

「先に入れ」

と西村が言う。ドスのきいた声だった。

仕方がないので金網を持ち上げて隙間から禁足地へ躙《にじ》り入る。モヒカンと虎柄が続き、西村は若社長を押し込んでから、最後に中へ入ってきた。

フェンスというのは素通しなのに、中の臭いは酷かった。

「うわ、臭え……」

モヒカンは吐きそうになって、顔の下半分を両手で覆った。

フェンス近くは腰のあたりまで尖《とが》った草が茂っているが、数歩向こうで草は消え、その先一帯は血の色になっている。

「うひゃぁ、なんだありゃ……まさか血じゃねえよな?」

と、虎柄が呟く。

斑《まだら》に盛り上がった血の色は、よく見ると植物のようだった。くるぶし程度の草丈《くさたけ》で、血の色の葉と花を付けている。その場所に、ひときわ鮮やかなピンクのコートが落ちていた。

「やりましょう。彼に痛み止めを飲ませてください」

怜に言われて虎柄はレジ袋から薬を出すと、律儀に三錠だけ拾って若社長に渡した。彼がそれを呑み込むのを待って、西村が日本剃刀を右手に握る。

「先に患部を消毒したほうがいいです。ここは空気が悪いので、傷口が菌を拾って腐るかもしれない」

サングラスが自分のハンカチを器用に裂いて、止血のために若社長の腕を縛った。

事ここに至れば怜も彼を救うことしか頭になかった。改めて袖をめくると、鱗甲は倍ほどに広がっていて、ズルリ、ズルリと蠢《うごめ》いている。腕の中に蛇がいて、一部がはみ出しているかのようだ。

「うぇっ」

虎柄は変な声を出し、若社長は自分の腕から逃れようと体をよじった。ここから蛇が出てくると予言した怜でさえも、目の当たりにした腕の異様さに背筋の凍る思いがした。生半な知識でこういうモノと対峙することの危うさが、怖気となって襲ってくる。

ゴロゴロゴロ……と冬の雷が鳴り、草原を取り巻く森が大きく揺れた。いつの間にか山側に真っ黒な雲が湧《わ》き出している。

「マズい」

叩きつけるような風が草地を走り、窪地《くぼち》でピンクのコートが揺れる。コートは風を孕んで舞い上がり、そのたび長い髪の毛が見えた。脱げたコートが落ちていたわけじゃなく、女が草地に倒れているのだ。ピクリとも動かない。

西村が顎をしゃくって確認に行かせると、モヒカンはコートに近づいてから、ペタリと地面に尻餅《しりもち》をついた。

「ひいいい」

「たぶん昨夜の女だと思う」

若社長が白状した。蒼白《そうはく》で、膝がガクガク震えている。

モヒカンは這《は》うようにして戻ってくると、

「胴体だけで腕がねえ……脚もねえ」

死体を目で指し、そう言った。だからさっきから忠告しているんじゃないか。

「なんかいるんだ。ホントになんかいるんだよ。人間にあんな真似できるわけがねえ。コートは袖ごと千切れてる。首は真後ろ向いてるし、足なんか引っこ抜かれた跡がある」

だから何度も言っている。怜は焦ったが、男たちは応《こた》えない。

「ありゃマジか……マジな話だったのかよう」

「皮を剝げ！　早くしないとアイツが来るぞ！」

ついに怜は大声で叫んだ。風は激しく、明らかに意思を持って吹き付けてくる。ピシャーン！　と、どこかに雷が落ちて、虎柄はようやく消毒液のキャップを切った。ゴロゴロゴロ……と空が鳴り、黒雲が割れて稲妻が光る。風はますます強くなり、ギャア、ギャアと森で梟が叫び出す。腕の鱗甲がズルズル動く。今にも外に飛び出しそうだ。

「歯を食い縛れ」

西村が日本剃刀のケースを外したとき、

「いやだあーっ！」

若社長は突然西村を突き飛ばし、草を分けて窪地のほうへ駆け出した。

バリバリバリ！　その前方に雷が落ち、真っ黒な空から大粒の雨が降る。

「くそっ！　つかまえてこい！」

西村が虎柄に怒鳴った。あたりは凄まじい臭いがしている。草は揺れ、雨で視界が利かなくなった。ずり……ずり……と、気配がする。妖魔が吐く息を感じる。墓場の腐った土のような、苔と腐肉と蛆の臭いだ。

「マズい、相手に気付かれた」

怜は草むらを後ずさる。

「まだ三時過ぎだぞ、まだ夜じゃねえ！」

振り返って西村が怒鳴った。顔が恐怖で引きつっている。

「時間は関係ないんです。太陽の光に邪気を祓う力があるというだけで、光がないと」

雨は本降りになり、冷たさが針のように突き刺さってくる。ギャア、ギャア、ギャア……黒雲が太陽を遮《さえぎ》って、篠《しの》突く雨の帳《とばり》が降りる。草は打たれて地面に沈み、稲妻が瞬間を照らし出す。ピンクのコートに、血塗《ちまみ》れの髪に、妙な方向を向いた首、断末魔《だんまつま》を張り付けた女の死に顔がフラッシュライトに浮かんでは消える。

「厭だー！　ひいー！　助けてくれ、俺から出ていけ」

窪地で四つん這いになったまま、若社長が叫んでいる。

そのとき、シャラシャラシャラ……と、音がした。激しい雨と叫び声、風の音に混じって確かに聞こえる。顔に張り付いてくる髪を掻き上げて、怜は目をしばたたく。

草原を取り囲む金網が恐ろしい勢いで揺れている。雨で視界が塞がれて、這っていく若社長の背中が霞《かす》む。追いかけているのは虎柄だ。テカテカした布と金の刺繍が時折稲妻を照り返す。もはや日が暮れたように真っ暗だ。金網が激しく揺れる。尋常ではない揺れ方だ。怜はザックを胸に抱えた。

「そんな義理はないけど忠告しとく。すぐに逃げたほうがいい」

「なんだと?」

西村が振り返った瞬間、脱兎《だっと》のごとく怜は駆けた。

「逃げたほうがいい！　今すぐに！」

言うことは言った……言うことは言った……あとは心で呟いて、草の中をひた走る。

「テメエ、小僧！　待ちやがれ！」

「ひゃあぁああーっ！」

つんざくような悲鳴に西村は立ち止まったが、怜は金網フェンスの穴をくぐった。

外に飛び出すと車へ戻らず、来た道と逆方向へ向かって走る。藪に飛び込んで身を隠し、腰を屈めてフェンスが見える場所まで戻って行く。雨は容赦なく体に染《し》みて、草原のほうから怒号が聞こえる。ようやく金網のそばまで来ると、それは凄まじく揺れていた。

「西村、西村ーっ」

若社長が呼んでいる。チャンスは一度と言ったのに。違うか、入ってすぐにやらないと気付かれる、そう言っただけのような気がする。説明を省きたがるのはぼくの悪い癖《くせ》かもしれない。瞬時に様々なことが頭を過《よ》ぎった。西村が走っていく。その後ろをウロウロしているのはモヒカンだ。バカだな、逃げろと警告したのに。

刹那《せつな》、西村たちは凍ったように足を止め、金網フェンスを見上げた。

それに魅入られた者どもは、霊感がなくても姿を見るのだ。

シャラシャラシャラ……ゴロゴロ……ビシャーン！　稲妻の光がそれを照らした。

金網には巨大なムカデが張り付いていた。長さは十メートル以上あり、頭部は人の女にも見え、振り乱した髪に簪《かんざし》が刺さっている。簪ではなくて、角かもしれない。そうか、蛟《みずち》か、と怜は思った。蛟は蛇に似て蛇ではなく、水に棲《す》み、角と四肢があって、毒気を吐くといわれている。けれどもそれは四本どころか無数の腕と無数の脚を生やしていた。犠牲者の体から引きちぎったやつだ。それをムカデのように動かして、金網の内側を走っているのだ。

「ひいい、ヒイ」

虎柄は窪地で腰を抜かしている。蛟にくっついた女の顔がグルリと傾く。

「ひっ」

と虎柄が言ったとき、蛟は宙に身を投げた。と思うや、雨を裂いて窪地を走った。虎柄の腕が宙を舞う。稲妻が光り、血しぶきが飛び、スタジャンの袖ごと腕を咥《くわ》えた女の顔が闇《やみ》に光った。虎柄は泣き、両腕のない体が宙に浮き、すぐに沈んで草だけが揺れた。

痛ましさに怜は顔を背ける。

次には若社長の悲鳴が聞こえ、顔を上げると、上半身がもの凄い勢いで草の中を移動していた。雨はますます激しさを増し、梟の鳴く声がした。「ギャア、ギャア」違う、それは女の鳴き声だ。笑ったかたちに口を開け、若社長の腕を嚙んでいる。様々な腕がそれぞれに動いて、獲物の髪を摑んで持ち上げ、次には肩に喰い付いて、体から腕を引き抜いた。

西村が後ずさり、モヒカンは走り出す。雨の中、フェンスの隙間めがけて逃げていく。断末魔の悲鳴と蛟の声が二人を追いかけ、女が脚を引きちぎったとき、唐突に雨が止《や》んで陽が射《さ》してきた。

怜は藪に体を伏せて、高級車が逃げ去っていく音を聞いていた。

其の二　桜田門に拾われる

翌日の昼下がり。

森の上にはビルがそびえて、その上の空は真っ青だった。

怜は日比谷公園《ひびやこうえん》の日向でベンチに座り、電話の相手に何度も頭を下げていた。パンパンに膨《ふく》らんだバックパックを足下に置き、貴重品だけザックに入れて腹に抱える。

「はい……はい……本当にお世話になりました」

一身上の都合でバイトを辞めるとコンビニに電話したのだ。店長にはよくしてもらったが仕方がない。もしもバイトを続けていれば、連中が店にやって来て迷惑をかけてしまうだろう。夜間工事の仕事も辞めて、大切な安アパートからも退去した。直後にサーチしたSNSで、西村たちが自分を血眼になって探していることを察知したからだ。逆恨《さかうら》みされる筋合はないのに理不尽だ。やるべきことは教えたし、親切に薬や包帯まで用意して、禁足地へも同行した。アレがどういう素性のものか説明もした。逃げずにコトが運んでいれば……。

「ボコられて金を奪われ、山に捨てられていたかもな」

スマホの画面をズボンで拭《ふ》きながら、溜息交じりに呟いた。

匿名同士が連絡を取り合えるSNSは便利だが、依頼者の顔は会うまで見えない。短文メールを読んだとき、嫌な予感はしたんだよ。なんで話を受けちゃったかなあ。言うまでもなく現金が欲しかったからだ。十五万円に目がくらみ、ヤバい仕事を引き受けた。そしてたぶん二人を死なせ、二人の腕には鱗甲が出ている。彼らが鱗甲を切り取らなければ、西村と呼ばれた若頭も、モヒカンのチンピラも殺されてしまうことだろう。

「はあ」

宙を見上げて溜息を吐いた。霊感バイトはしばらくできない。それより今日からどうしよう……冬だしな……さすがに公園で野宿はきつい。低所得者が身を寄せるような場所は奴《やつ》らが掌握しているはずだし、泊めてくれる友人も、恋人もない。保証人不要の不動産を契約できたとしても、すぐ押し込まれたらシャレにならない。捕まれば組の事務所に連れていかれて、きっと同じ目に遭わされる。そんな人生の最期は厭だ。なぜこんなふうに生まれついたのか。親を知らない怜には、心当たりも、悩む術もない。世の中は化け物だらけだ。けれども見えない者からすれば、それはいないと同じこと。いっそ完全に奴らを無視して、本当に見えない振りを通して、普通に生きていけたらいいのに。

梢《こずえ》からカラスが飛び立った。脚を伸ばして全財産を入れたバックパックに載せると、怜はベンチで背伸びした。苦労して大学を出たけれど、運勢は変わらなかった。ただ生まれ、ただ生きた自分が摑んだものは、ヤクザに追われて路頭に迷う現実だ。

「終わったな……ぼくの人生」

よっこらせ、と立ち上がり、貴重品が入ったザックを枕《まくら》に目を閉じた。


「こんばんは」

誰かに呼ばれて目が覚めたとき、あたりは暗くなっていた。

ギョッとして、周囲を見渡して、すぐ目の前に中年のサラリーマンがいるのに気がついた。頭頂部はスダレ状、古臭いデザインのメガネをかけたオッサンだ。冬なのにコートを着ていないので、なんとなく自分と同じ境遇に思えた。

オッサンは背中を丸めて上着のポケットに手を突っ込むと、ショートサイズの缶コーヒーを出した。またも周囲を見回して、どうやら自分に言ったようだと判断する。

「……どうも」

顔を見もせず頭を下げると、オッサンはさらに缶コーヒーを差し出してきて、

「いかがですか?」

と怜に訊いた。

「そこの自販機で一本買ったら、一本当たったんですよ。ああいうのはただの飾りかと思っていたら、当たることもあるんですねえ」

「はあ」

遠慮なく受け取ると、缶の熱さがありがたかった。オッサンは怜の隣に座ってくると、前のめりになってプルタブを起こし、街灯を見上げて、

「寒くなってきましたねえ」

と、コーヒーを飲んだ。缶から湯気が立ちのぼっている。怜は両手に缶を握って暖をとり、中身をこぼさぬようにプルタブを開けた。

「いただきます」

火傷《やけど》しないようひと口飲んで、胃袋へ落ちていくコーヒーの熱を追いかける。人間は現金だ。こんなモノひとつで、また生きていける気がするなんて。

「突然こんなことを言ってあれですが、私は、仕事を探している人を探してるんです」

こちらを見もせずオッサンが言う。

さては怪しい仕事の勧誘だったかと、怜は厭な気分になった。

でもコーヒーは美味《おい》しいので、飲み干すまで話を聞いてやろうと思う。

「いえね、怪しい勧誘だと思っているかもしれませんけど、真面目《まじめ》な話……」

オッサンはクルリと顔を向けてきた。小柄で、猫背で、丸顔で、お地蔵さんのような顔をしている。メガネの奥で目を細め、邪気のない顔でニコリと笑った。

「なかなかいい人がいませんで……もちろん試験は受けていただくのですが……こんな話にご興味ありますか？」

寒空の下、膨らんだバックパックを持って公園にいる人間が何を欲しているか、わかって訊いているのだろう。忌々《いまいま》しいので冷たくあしらおうとも思ったが、聞くだけタダなら聞いてみたらどうだと心が抗《あらが》う。聞いても損はしないだろう？

「……まあ……」

と、怜は曖昧《あいまい》に答えた。

「試験さえ通れば条件は悪くないですよ」

「その試験を受けるのに、いくら払うって話ですよね？」

嫌味たっぷりに訊ねると、

「試験は無料です、もちろん」

と、オッサンは笑った。

「あくどい商売も蔓延《まんえん》しているようですが、至って真面目な話です。準公務員扱いですし、危険手当といいますか、個人が掛ける生命保険や傷害保険は月額で支給されますし、特技を活《い》かした仕事ができます」

「つまり危険な仕事なんですね」

「まあ……でも、どうでしょう？　普通に仕事していても、事故に遭うことはありますし、いつ通り魔にでくわすか、地震や火災に巻き込まれるか、そんな程度の危険です」

「仕事の内容はなんですか」

オッサンはまたもクルリと顔を向け、コーヒーを飲んでニタリと笑った。

「保全と事務と清掃ですね」

「清掃作業員ですか」

「近いところもありますが、勤務先は都内で最も安全な場所ですよ」

「安全な場所って」

「警視庁本部です」

さらに微笑むオッサンを見て、怜は悟った。

これは頭のおかしい人だ。

立ち上がろうとすると、オッサンは名刺を出して押しつけてくる。

「私は土門《どもん》といいまして、警視庁イノウショリ班ミカヅチの班長をしています。ま、名刺に班の名前はありませんけど、歴《れっき》とした警察官です」

それから体を大きく前に倒して、バックパックを横目に眺めた。

「採用者には当直も許可できますよ？　寒空に野宿も大変でしょう。夜間手当もつきますし」

思わず、『本当ですか』と訊きそうになった。オッサンはニコニコしている。

「よかったら明日の午前十時に警視庁本部を訪ねてください。ただし正面玄関ではなく、通用口からいらしてください。守衛に名刺を出してくれればわかるようにしておきます」

日比谷公園と警視庁本部は近い。しかも警視庁で試験をするというのなら、怪しい仕事であるはずもない。怜は名刺を受け取った。そしてもう、考えていた。就職試験用に買った安いスーツが、バックパックに入っていると。

「よかったです。それでは明日」

オッサンは手を出して、空になった缶を所望した。

怜からそれを受け取ると、何も言わずに警視庁のほうへ歩いて去った。

「まさかキツネじゃないよな？」

名刺は葉っぱに変わらない。尻尾《しっぽ》を出すかと思ったが、公園の奥へ消えていくまで、オッサンはショボショボした猫背のままだった。

翌早朝。怜は日比谷公園の公衆トイレで顔を洗った。伸びきってボサボサになってしまった髪は櫛《くし》を通したくらいではどうにもならず、右に分けたり左に分けたりしてみたが、結局は、ぶるんぶるんと頭を振ってよしとした。バックパックから引っ張り出したスーツはよれていたが、高級品でないのが幸いして、吊《つる》しておいたら目立たなくなった。ただしシャツとネクタイは最悪で、怜は少し考えてから、スーツの下に白いティーシャツを着ることで、こちらも勝手によしとした。

公園で野宿している若者に声をかけたのだから、境遇を見抜いてのことだろう。警察官だと言っていたし、人助けキャンペーンでもしているのだろうか。オッサンの立場や階級は知らないが、あの様子では力のある人物でもあるまい。と、なれば合格云々《うんぬん》の話ではなく、プロパガンダに利用されるだけなのかも。

曇った鏡に自分を映して、だからなんだ、と苦笑する。

もうこれ以上状況が悪くなることなんかない。名刺を抱いてノコノコ出かけ、守衛室で警備員につまみ出されるのがオチだとしても、野良犬に相応《ふさわ》しいエピソードがひとつ増えるだけだと思えばいいさ。

「よし」

と怜は鏡に言って、荷物をロッカーに預けるために駅へ向かった。

約束の時間より早く現地に着くと、オッサンに言われた通用口へ向かうために建物の周囲を一周した。通用口なんていうものは大抵裏側の目立たない場所にあると思いきや、警視庁本部にはそれらしき場所へ行きつく方法がそもそもなかった。案内図が明示されていないのはセキュリティ上の問題があるからだと、今さら気付く。

入るなと言われた正面玄関には警備員がいて、怪しい風体の若者が名刺一枚を握って訪問できる雰囲気もなく、通用口を示す矢印もない。ここに至って怜はようやく、からかわれたのだと気がついた。そしてムカムカと腹が立ってきた。半信半疑といいつつもオッサンの言葉に望みを託してスーツを着込み、何十分もトイレで鏡を見ていた自分の滑稽さとバカさ加減には、その数倍腹が立つ。

都内で一番安全な場所だって？　この一帯はかつて江戸一番の物騒《ぶっそう》な場所だったんだぞ。それが証拠に、夜中になれば死人がウロウロしてるじゃないか。おまえたちには見えないだけだ。

意地悪に考えたとき、怜はあることを思いつき、不敵にもニヤリと笑った。

何が何でも通用口を探し出し、守衛にオッサンの名刺を見せて呼び出して、惨め極まりない若造をからかったことを後悔させてやろうじゃないか。

本部庁舎を一度離れてユリノキの下に立つと、怜は道行く人の観察を始めた。

死者と生者は視覚的には大差ない。それに、幽霊は夜しか出ないわけじゃない。真っ昼間に往来をウロつく幽霊は、一見普通の人間に見えたりもする。建物近くを行き来する人たちの中から、怜は同じ表情で同じ動作を繰り返している者を探した。

駆け足で庁舎へ入っていくのは職員だろう。向こうから来るのは通行人だ。キョロキョロしているのは観光客で、早足で通り過ぎていくのは刑事かもしれない。押し車を押しながらおばあさんが通り、業者が脇道へ駆けていく。そちらに通用口があるのだろうか。

しばらく様子を見ていると、さっきの業者が同じ方向からまた駆けてきた。

少し経《た》つと、またも同じ業者が通る。

「ははあ」と、怜は業者を追った。

幽霊と混同されがちな『残留思念』というものがある。特定のシーンだけが壊れたビデオのように再生されて、それを見るのだ。飛び降り自殺があったビルから人が飛び降りる瞬間を見る、交通事故があった場所で人を撥ねる、火災現場で血まみれの人に会う、こうしたパターンは残留思念の場合が多い。そこには思想の欠片《かけら》もなくて、シーンだけが繰り返される。業者が消えた脇道へ入っていくと、またも後ろから同じ業者がきて追い抜いていったので、怜は影を追いかけてまんまと通用口を見つけた。

時刻は午前九時五十六分。意気揚々と名刺を手にして守衛室の窓を叩くと、強面で中年の守衛は窓を開けもせずに守衛室を出てきた。

「なんですか」

鋭い目つきと、警棒に手を置く仕草《しぐさ》で理解した。犯人が自首してきたと思われたのだ。

怜は息を吸い込んで、守衛の鼻面にオッサンの名刺をかざした。

「面接試験に来ました。守衛室で名刺を見せれば……」

守衛が怪訝《けげん》そうに名刺を取ろうとしたときだった。

「あー、こっち、こっち。そっちじゃなくてこっちだよ」

走ってきた誰かに名刺を奪われた。それは、片手にモップ、片手に雑巾《ぞうきん》を持った清掃員の婆《ばあ》さんだった。色黒で、熊《くま》のような体をして、三角巾《さんかくきん》からアフロドレッドヘアがはみ出している。彼女は雑巾ごと名刺をつまむと、次には名刺と雑巾をモップ側の手に持って、空いたほうの手で怜の袖をムンズと摑んだ。

「ごめんねぇ、ちゃんと言っとかなくってさ」

熊のような婆さんは守衛に謝り、別の仲間を呼び寄せた。

「ちょっとー、リウさん、小宮山《こみやま》さん。ほら面接の」

「あらあ、よく来たわねぇ」

スクレイパーを持った白髪の婆さんと、体が四角い婆さんが寄ってきて怜を取り囲むと、守衛は偉そうに咳払《せきばら》いをした。

「千《せん》さんたちの知り合いかい？　下手に名刺を渡すとか面倒なことをしてくれるなよ。怪しい人物かと思ったじゃないか」

「そろそろな、外へ迎えに行かんじゃなんねえと思ってたとこだ。ごめんごめん」

四角い婆さんが守衛の背中を両手で押して、一緒に守衛室へ入っていく。

「こんど奈良漬け持ってきてやるかい？　あんた好きだろ、奈良漬けが」

「小宮山さんにゃ敵《かな》わねえなあ。そういや、この前もらったキュウリの佃煮《つくだに》旨《うま》かったよ。奈良漬けも好きなんだけど、買うとけっこう高くてさ」

「そうだろ？　でも、買ったのなんか旨かぁねえよ。きちんと干してねえからな」

「小宮山さんのがなんでも旨いよ。面接がすんだら、きちんと書類を出してくれよな。俺だって色々言われてマズいんだからさ」

「わかってるって、はい、ごめん」

四角い婆さんは守衛室の中から振り返り、白髪の婆さんに視線を送った。

その間に怜はドレッドヘアに引っ張られ、廊下の隅まで連れていかれる。

「ちょ、ちょっと待ってください。ぼくは本当に、面接に……」

「はいはい、そうだな、わかってるって」

「大丈夫よ。あなた、思ったよりも若いのねえ」

白髪の婆さんがピタピタと腕を叩いてきた。鶏《とり》ガラのように痩《や》せていて、髪をきれいにカールして、ピンクの口紅をつけている。

「まさかの時間通りだったね……なあ、リウさん」

そう言ってドレッドヘアが手のひらを向けると、白髪の婆さんはポケットから小銭を出してその手に載せた。忌々しそうに名刺を奪って怜に返す。

「土門さんなら地下三階のバックヤードよ」

廊下の先をモップで示した。

「この廊下を真《ま》っ直《す》ぐ行くと、奥に普通のエレベーターがあって、横に荷物用のエレベーターがあるから、荷物用のエレベーターで地下三階に下りてちょうだい。部屋はひとつしかないからすぐにわかるわ。普通のエレベーターは地下二階までしか行かないから、間違えないでね」

「土門さんを知ってるんですか」

「そりゃあんた……」

ドレッドヘアは直接質問には答えずに、

「あと、荷物用エレベーターに乗ったら、首出してると死ぬからね。前に配達の兄ちゃんが首を挟んで死んでんだから」

そう説明する間にも、白髪の婆さんはペタペタと体を触るのをやめようとしない。腕の次には腰を触って、最後は尻を摑まれた。

「わ。なにすんですか」

抗議するとニタリと笑う。

「むさ苦しいけどよく見れば可愛《かわい》い顔よね。最近の男の子って、女の子と見分けが付かないわ。もっと食べて肉をつけなきゃ、わたくしは、もうちょっと筋《すじ》のあるほうが好みなのよ。ほほ……がんばって」

守衛室の窓から四角い婆さんも顔を出し、

「ほれ、早く行かねえと、十時になるよっ」

シッシと怜を追い払う。

首を傾《かし》げながら廊下を進んだ。一昨日は山で姦姦蛇螺に襲われて、昨日は公園で狐《きつね》につままれ、今日は警視庁で三人の魔女と会う。そんなことを考えながら先まで行くと、婆さんたちに言われたとおりに普通のエレベーターと荷物用のエレベーターがあった。

さっき通用口へ駆け込んできた業者の残像が、荷物用エレベーターに乗り込んでいく。なるほど彼はエレベーターの事故で死んだのか。

蛇腹な鉄柵《てっさく》の扉には、『運搬用エレベータ：運搬利用目的以外の使用禁止・非常時は消防隊専用』と貼り紙がある。本当にこれに乗っていいのかなと振り返っても、婆さんたちはもういない。ままよと蛇腹扉を開いて三辺に手すりポールしかない庫内に立つと、地下三階のボタンを押した。

荷物用エレベーターは普通のエレベーターとはまったく違い、壁がないので剝き出しのコンクリートが目の前を移動していく。触れれば皮膚が擦れるようなコンクリートを見ながら下りていくのは一種独特の緊張感を伴うし、照明もないので、下りるにつれて隙間に見えた光が遠のき、奈落へ引き込まれていくようだ。わずかな移動にも肝を冷やしていると、箱は突然、愛情の欠片もない止まり方をした。地下三階に着いたのだ。

目の前にはやはり蛇腹の扉があって、隙間からバックヤードそのものといった感じの廊下が見えた。グリーンの足元灯と天井のダウンライトのほかに照明はなく、奥にグレーの扉があるが、それも倉庫などで見かけるやつで、面接をするような部屋はない。

「……マジか」

怜は上着の裾《すそ》を強く引っ張り、やけくそな気分でエレベーターを降りた。

どう見ても、警視庁のナントカ班があるような場所じゃない。

石棺の中みたいに陰気だし、人の気配など微塵《みじん》もない。何もかも嫌になって下を向いたとき、スーツにスニーカー履きだったと気がついた。

「ああ、クソ」

怜は名刺を握りつぶして床に投げつけ、両手をポケットに突っ込んでから、廊下を進んだ。とんだ茶番だと凹《へこ》む気持ちと、それでこそぼくの人生じゃないかと、いっそ清々《すがすが》しい気持ちがした。どん詰まりの扉まで行き着くと、やけくそな気分でバンバン叩いた。

「土門さーん、安田ですよーっ。約束通り、面接に来てやりましたよーっ！」

暗い廊下に無遠慮な音が響き渡った。叩いたくらいでビクともしない鉄の扉は、拳だと手が痛くなるので平手で打った。反応があるはずもなく、冷たさだけを感じた。虚《むな》しさも。

フンと鼻を鳴らして帰ろうとしたとき、背後で扉の開く音がした。

「やあ。よく来ましたね――」

ギョッとして振り向けば、鉄扉の隙間に地蔵のような顔がある。

「――一分の遅刻ですけど、まあいいでしょう。ささ、入って、入って」

土門はニコニコと手招いた。

重そうな鉄扉がさらに開いて内部が見える。不要品倉庫か緊急時のシェルターだと思ったのに、扉の奥は照明付きの広いフロアになっていた。

「まさか……ホントに……面接会場だったんですか？」

「そうですよ。なんだと思っていたんです？」

と、土門は言った。

「折原堅一郎《おりはらけんいちろう》警視正が面接します」

予想外の展開に、就職活動中は夢に見るほど反芻《はんすう》していた面接試験の対応を、怜はすっかり忘れてしまった。慌てて平静を取り戻そうとしてみたが、今度は、スニーカーを履いていることや、ワイシャツではなくティーシャツを着ていることなどマイナスイメージばかりが頭を過ぎった。地下三階の外れだとしても、ここは天下の警視庁本部で、自分はそこに立っているのだ。手汗を拭《ぬぐ》おうと上着に触れて、怜はさらに緊張した。

ヤベえ、名刺を廊下に捨ててきた。こりゃダメだ。もうダメだ。

そう思ったら、肝が据わった。

「失礼します！」

頭を下げて、室内に入る。

それは奇妙な部屋だった。床も壁も天井もグレーで、事務用照明の代わりにダウンライトが照っていて、個人用のデスクが六つ、距離を離して好き放題な場所に置かれていた。入口を入ってすぐの場所には行く手を塞ぐかのように会議用テーブルがあり、椅子《いす》は部屋の片隅に積み上げられていた。観葉植物も書類棚もなく、壁に貼られたスローガンもなく、神棚も掲示板も表彰状の類《たぐ》いもない。正面奥に天井まで届く扉があって、赤いペンキで落書きがされている。

その前に重厚なデスクを置いて、黄金の警視正バッジを着けた人物がこちらを向いて座っていた。折原堅一郎警視正だろうと思う。

彼と土門氏のほかには小柄で若い女性事務員と、部屋の片隅の暗がりに長い黒髪の女がいた。どちらもデスクで作業をしていて、顔を上げない。

怜は戸惑った。警視正の前には面接用の椅子すらないし、室内はレイアウトされていないので、どこを通って警視正の前まで進み、どのポイントで面接を受ければいいのかわからないのだ。指示を仰ぎたくて土門を見ると、オッサンはただ頷いた。

仕方がないので会議用テーブルの脇を通って小さい事務員が仕事をしているデスクの前で足を止め、軽く会釈してから誰もいないデスクをふたつやり過ごし、土門のデスクを通過して警視正の前まで進み、一メートルほど離れた場所で立ち止まってから、姿勢を正して頭を下げた。暗がりにいる女が顔を上げ、こちらを見ている気がしたが、今さら彼女に会釈するのも妙なので、気がつかないふりをした。怜は言う。

「安田怜です。土門さんから働き手を探していると聞きまして、面接試験を受けさせていただきたく参りました」

「はい合格」

と、土門が言った。

「え」

「安田くん、合格です。警視正と話ができたので合格ね」

土門はスーツ姿だが、折原警視正は制服をビシッと着込んでいる。彼は椅子に掛けたまま、厳しい顔で怜を見上げた。歳《とし》のころは五十代半《なか》ば。キリリと眉が上がった精悍《せいかん》な顔つきの人物だ。たたき上げではなくキャリア官僚の雰囲気がある。糊《のり》のきいたシャツと高そうなネクタイ、お洒落に整えた髪を見て、(人生で躓《つまず》いたことなんかないタイプだな)と、怜は思った。

「いま合格って言いましたか?」

警視正に訊くこともできずに土門を振り返ると、ニコニコと笑うだけで何も言わない。

「安田くんはすぐにここがわかったかね?」

ニコリともせずに警視正が訊く。

「いえ、わかりませんでした」

「では、どうやってここへ来た」

妙なことを訊くなと思いつつ、正直に答えた。

「土門さんからは、正面玄関を通らずに、通用口から入るように言われていました。でも、来てみたら通用口の案内がなく、場所がわからないので副玄関近くで張り込んで、業者の後をついてきました。守衛室で清掃員の……」

怜は土門を振り向いて、

「そういえば土門さん。守衛に名刺を見せればわかるようにしておくと言ったけど」

「ですよねえ。あれは真っ赤なウソで、守衛に話をしていません」

「え……どうして……」

酷いじゃないですか、と訴えたくて警視正を振り向けば、警視正は自分の生首を懐に抱いて微笑んでいる。シャツもネクタイも血塗れで、首の切断面も生々しい。

「ぎゃあ」

大声を上げて飛び退《との》くと、奥で誰かが「ふっ」と笑った。

手品か、悪い冗談か、警視正（の生首）は至極真面目にこう言った。

「私を覚えていないかね？　きみの忠告を活かせなくて残念だったよ」

は？　と怜は生首を見た。警視正は両手で生首を持ち上げると、ボトルの蓋を捻《ひね》るようにして自分の体にねじ込んだ。元の位置に頭部が戻ると、立ち上がって制服の埃を払い、怜のほうへ歩いてきた。

コツ、コツ、コツ。高そうな靴の音がする。

その音と、背の高いシルエットで思い出す。将門の首塚だ。工事現場を通ったとき、二人の男とすれ違った。一人はガッチリとして背が高く、一人は小柄で猫背だった。背の高いほうに死霊がべったり貼り付いていたから、そっちは凶だと忠告をした。

怜は警視正と土門を交互に見比べ、

「あのときの」

と、土門を指した。

「はいそうです。あのあと警視正は事故に遭い、首が落ちてお亡くなりになりました。それで、急遽『あなた系』の人材が必要になったというわけです」

なんだ? 『ぼく系』の人材って?

怜は思わず眉をひそめた。このオッサンに、ぼくの何がわかると言うんだ。ぼくはイカサマ高額祓い師だぞ。金はしっかりもらうけど、依頼人の生死に責任をもたない。余計な事は言わないし、体を張って守ろうともしない。言うべきことを呟くだけだ。それより何より、ぼくが住んでいる世界のことを理解できる人などいない。

土門はニコニコと近寄ってきて、ポケットから空のコーヒー缶を抜き出した。

ひとさし指で缶のボディをなぞると鳥の形の紙が浮き出て、フッと息を吹きかけたとき、宙に舞い上がって燃えてしまった。

「昨晩、公園であなたに缶コーヒーを渡したとき、空き缶と一緒に回収したのです」

「回収？　え、ぼくから？」

自分の体をパタパタ払うと、土門はますます微笑んだ。

「式神といいまして、将門塚ですれ違ったとき、あなたに飛ばしておいたのですよ」

すれ違ったのは一瞬だ。それに……と、思い出してきた。

あのとき二人は立ち止まり、しばらくしてから足音が聞こえた。ぼくは忠告したことで頭が一杯だったけど、あのスキに彼らは『式』を飛ばしていたのか。それは本物の『式』なのか。信じられずに混乱した。

「っていうか……二人は何者なんですか」

「私に関して言うのなら、幽霊ということになるのだろうね」

と、少し残念そうに警視正は言った。

「ただし最初から幽霊だったわけじゃない。きみとすれ違ったあの晩に、死んで幽霊になったのだ」

「や、ちょっと、わけがわからないんですけど」

まさか全員幽霊だろうかと、怜は部屋を見回してみたが、女二人は素知らぬ顔で仕事をしている。相手が生きているのか死んでいるのか、ちょっと見ただけではわからない。

「安心なさい。警視正は『霊』ですが、それ以外は『生身』です」

そう言う土門はお地蔵様にそっくりだ。

「すれちがいざま、きみは私に死霊が憑いていると見破った。そこで興味が湧いたので、動向をチェックしていたというわけだ。驚くことには、きみの警告通り、あの晩のうちに私は首を斬られて死んだ。首塚で警視正の首が落ちたなんて縁起の悪い話は報道されていないがね。私の死は現場の事故ということになっている」

「そういうことが聞きたいわけじゃなく」

重い前髪を両手で持ち上げ、怜は訊いた。

「ぼくは面接試験に来たんですよね？」

「首塚で『式』を飛ばした段階では、こうしてご縁がつながると思ってもいませんでしたがね、不幸にも警視正がお亡くなりになったので、急遽接触したというわけでした」

「ええ……」

土門はニッコリ笑って言った。

「で、試験は合格です。残留思念を追って通用口を見つけられること、『三婆ズ《サンババー》』があなたに力を貸すこと、警視正が見えること。これが試験でありました」

「……え……いえ、だから」

「心配せずとも土門くんが提示した条件は嘘《うそ》ではない。我が班は特殊な事情を持っておってね、メンバーは、互いに命を縛り合うセキュリティシステムを導入しているのだ」

もはや何をか言わんやだ。返す言葉もなくなって、怜はただ彼らの言葉に耳を傾けた。

「問題は、今までメンバーに幽霊がいなかったことだ。私がこうなってしまったために、幽霊に対応できる人材が必要となったのだ」

「それがぼくですか」

警視正はさらに近くへ寄ってきた。背が高く、ハッキリと見え、生きた人間さながらの実体感だが、彼がおどけた素振りで両手を上げたので、そっと体に触らせてもらうと、怜の腕は苦もなく胸を突き抜けた。霧を摑んだような感触だった。

「うわ……マジかよ、うそだろ」

「手品ではない。納得したかね？」

と、警視正は訊いた。抜き出した手は氷に触れたように冷たくて、しびれを感じる。交互に手を裏返していると、土門が言った。

「警視正のデスクに巾着《きんちゃく》袋が載っていますね？　それを開けてごらんなさい」

彼のデスクには『警視正』と書かれた席札があり、検印を押すための書類入れが置かれている。書類入れは二つあり、その横に茶托《ちゃたく》がひとつ載っている。それ以外はガランとしたデスクだが、何よりも目を惹くのはど真ん中に置かれた黄土色の巾着袋だ。形は丸く、マスクメロンほどの大きさで、口は紐で閉じられていた。

「どうぞ」

言われて渋々《しぶしぶ》袋を開き、怜はまたものけぞった。袋の中に入っていたのが人間の頭蓋骨《ずがいこつ》だったからである。頭部と顎のそれぞれに、黒いマジックで『警視正』と書いてある。

警視正はニヤリと笑った。

「私の頭部だ。顎が外れてどこかへ行くとマズいのでね、いちおうサインを入れてある。私は首を落として死んだが、悲しいかな任務が心残りでこの世に迷い、それがないと臨場時に移動もできない身となった」

後を引き継いで土門が言う。

「胴体のほうは菩提寺《ぼだいじ》に葬られる予定ですがね、ご遺族にお願いして頭部のみ預からせていただいているのです。警察官は有事に現場へ臨場します。その場合、警視正の頭蓋骨もお連れしなければなりません。安田くんにはその役をお願いしたいのです」

「……はあ」

それでようやく訊きたかったことの一部がわかった。つまり自分は、幽霊を見ることができる能力を買われて、警視正の髑髏《どくろ》のお守《も》りに雇われたということか。髑髏で現場へ臨場する警察官なんて聞いたことがないし、そもそも髑髏に何ができるというのか。

「ここって、何を捜査する部署なんですか？」

訊ねると、警視正は返事の代わりに頷いた。

「我が班で関《かか》わる案件は多く、しかも多岐に亘《わた》っているので、ひと口に説明することはできない。きみも追々わかると思うが、我が班の活動内容は機密事項なのだよ。警視庁本部では四万人以上の生きた人間が働いているが、その中に班の存在を知る者はほとんどいない。この班も、この場所も、表向きには存在しないことになっている。だが、名称もないというのは不都合なので、我々はここを『警視庁異能処理班ミカヅチ』と呼ぶ。メンバーは全員、私が見える異能者だ。当然ながらセキュリティシステムも独自でね、平たく言うと、メンバー同士が縛り合う。もっとわかりやすく言うならば」

「秘密を漏らせば死ぬのさ」

部屋の隅から声がした。

髪の長い女のあたりだが、声は男のものだった。

「そのとおりだが、如何《いかん》せん私はもう死んでいる。よって幽体を縛れる者が必要になったというわけだ。それがきみだよ、安田くん。私ときみは互いを縛り合う者同士だ」

「待ってください、理解が追いつかないというか」

警視正は巾着袋を指さした。

「私の髑髏をきみに預ける。私が機密事項を漏らした場合は、きみが髑髏を破壊してよい。そうすれば、私は髑髏と一緒に消える」

「じゃ、ぼくが秘密を漏らしたら？」

「きみに取り憑いて祟《たた》り殺す」

警視正は白い歯を見せた。

恐怖を感じるより早く、（ああ、なるほど）と、怜は思った。そうか。なるほど。そのせいか。地下三階に下りてきて暗い廊下を歩いたときも、ここの扉を叩いたときも感じた不思議な気配はそのせいだ。ここは、この地下三階には、重苦しい何かが沈殿している。それはたぶん死の気配。桜田門の地下に溜まった魄の臭いだったんだ。

「詳しくは語りませんが、ほかのメンバーも互いを殺す許可を得ています。互いが互いを縛り合うのがこの班独自のセキュリティシステムなのですよ」

「では次に現実的な話をしよう。ここでの立場と就業形態についてだが……土門くんは警視庁の警部で地方公務員、警視正の私は国家公務員だったが、私は死んだことになっているので、後任が決まるまでは土門くんがこの班の責任者ということになっている。もしも私の後任が来た場合、その人物は当然ながら私を見ることができるわけで」

「警視正。そこは追々考えましょう――」

と、土門が言った。

「――まあねえ……、異能者がそう簡単に見つかるはずもないのでね。しばらくはこの態勢で行くことになるでしょう」

警視正は深く頷き、先を続けた。

「この部署は表向き、警視庁本部の地下を間借りしている警察庁の研究施設という扱いになっている。事務職員の松平《まつだいら》くんは警察官ではなく警察庁の職員だ」

さっきから知らん顔で作業をしていた小さい女性が椅子を引いて立ち上がり、初めて怜に頭を下げた。ウェーブのかかったセミロング、つぶらな瞳《ひとみ》のモルモットみたいな印象の子で、物騒な班に勤めているわりには、無邪気さと温かさしか感じられない。

「松平神鈴《みすず》です」

パソコンの横には、目と鼻と髭《ひげ》しかない猫のキャラクターがついたポシェットが置いてある。色は黒だがふわふわした素材で、小学生が好むようなチープな品だ。彼女が持つなら似合っているけど、警視庁本部に勤務するいい大人なのに、と不思議に思う。それに何よりこの人は、警視正の生首を見ても平気なんだろうか。

「よろしくお願いします。安田です……あなたも警視正が見えるんですか？」

クリクリした目の彼女は「ふん」と笑った。

「もちろんよ。私は警視正の生前から、ここの仕事をしてるのよ」

見た目の印象とは違い、誰に向かって訊いているのかという口調だ。それだけ言うと神鈴は再びデスクに座った。警視正が先を続ける。

「きみの立場はヒロメくん同様に外部委託の研究者だ……ヒロメくん」

警視正に呼ばれると、暗がりにいた長髪の女が面倒くさそうに立ち上がった。体が薄く、平べったく、たぶん怜より背が高い。ストレートヘアは腰まであって、整った顔をしているが、両目は閉じたままだった。

「彼は広目天《ひろめあまね》くんだ」

「え、『彼』?」

薄暗がりのせいもあってか、てっきり女性だと思っていた。極めつきはあの髪だ。シャンプーのコマーシャルに出られそうなほど艶々《つやつや》してサラサラしている。ヤバイ、と怜は心で思った。ここって変なヤツしかいないんじゃ……。広目はニヒルに唇を歪《ゆが》め、

「それがなにか問題か?」

と、鼻にかかった男の声で怜に訊いた。さっきの声だ。

「いえ別に」

広目のデスクには透明な液体を入れたペットボトルが並んでいる。ほかにスイカを半割りしたような白いボウルと金属のトレー、妙な形のタイプライターと紙があり、おざなりな挨拶をすませたあとは、すぐに座ってカチャカチャとキーを叩き始めた。

「そういえば、あちらどうなりましたかね? 安田くんはヤクザに追われているのですよね?」

土門が訊ね、「ふん」と広目が鼻で嗤う音がした。

「そんなことまで知ってるんですか」

「まあ、『式』を飛ばしていましたのでね」

土門は悪びれるふうもない。怜はポケットからスマホを出してSNSの動向を確認しようとしたが、電波が来ていなかった。

「正式メンバーになったらWi-Fiのパスワードを教えるわ」

と、神鈴が言った。

「今朝までは、ぼくの所在を探す書き込みがバンバンされていました。たぶん今もそうでしょう。ヤクザの仕事は引き受けましたけど、結果はうまくいかなくて」

わかっていますと土門は言った。

「誰かがオトシマエをつけなくては収まらないようですからねえ。さて、安全保障の件ですが、安田くんにはIDを発行しますから、明日から正面玄関を通れます。庁舎内には食堂もお風呂《ふろ》もシャワーもありますし、我が班は宿直室を使えませんが、ここで寝ていただく分にはかまいません。ヤクザ問題が解決するまで当番勤務を希望しますか?」

「是非お願いします」

「では契約書を用意しますね」

土門は神鈴に書類の用意を命じた。

「バックパックを取りに行ってもいいですが、IDの発行手続きが終わるまでは待っていただきます。あと、今もこれからも一番大事なことを言っておきますが」

土門は突然真顔になると、警視正の後ろにある巨大な扉を指さした。

「あの扉には決して近寄らないこと。触れることも厳禁です。我々の使命のひとつが扉を守ることなので、ここが無人になることはありませんし、この部屋にいる間も決して触れてはいけません」

あれが何だというのだろう。扉の赤い落書きは呪文や魔術記号のようでもあるが、見た感じはポップな雰囲気で、触れることすら厳禁という怖さは感じない。

「何が入ってるんですか?」

怜が訊くと、

「リーサルウェポン」

と、広目が答えた。こちらを見もせず作業をしている。

カシャカシャ、ザ、シュル、カシャカシャ、ザ、シュル……分厚くてごついタイプライターを忙《せわ》しなく動かして、脇に紙を積み上げていく。

「広目くんがしているのは報告書の作成です。我が班は報告書も特殊でして、機密事項につきデジタル化はしないのですよ。文字で残すこともしません。あのタイプライターは点字用で、打つのは彼の担当です」

「土門班長」

神鈴が書類を用意した。

土門が椅子を引いてきて、馬鹿でかい会議用テーブルに座らされ、怜は契約書とやらにサインさせられた。印鑑の代わりに拇印《ぼいん》を押して提出する。

「それではよろしく。安田くん」

警視正は右手を出したが、握り返そうとしても、当然のように手は突き抜ける。

「こちらこそよろしくお願いします。みなさんも、どうぞよろしくお願いします」

深く頭を下げながら、怜は心で考えていた。

どう考えても彼らはヤバイ。総括責任者は幽霊で、班長は式を飛ばせて、女みたいな男と、かわいいくせに毒舌な女と、それにぼくが加わってなにを保全するっていうんだ？寒空に寝床を確保できたのはいいけれど、互いに命を縛るってマジか。それに警視正は地縛霊なんだから、夜中もここにいるってことだ。

勘弁してよと、怜は手のひらで口を拭った。早いとこヤクザをなんとかしないと、ずっと警視正と夜を過ごす羽目になる。クソ、出てやる。逃げ出してやる。最初の給料さえもらったら、事故物件でもなんでもいいから部屋を借りよう。

カシャカシャ、ザ、シュル、カシャカシャ、ザ、シュル……。

薄暗がりで広目が操るタイプライターの音だけが、窓もない硬質な部屋に響いていた。

其の三　背中の幽霊

入館証なるものを受け取ったのは人生初だ。翌早朝、赤い紐が付いたホルダーを首に掛け、怜は浮き立つような足取りで警視庁本部へ出勤した。正面入口で専用機械に入館証のIDをかざすと、駅の改札よろしく通用門が開くシステムだという。薄っぺらなカードをひとつ持っているだけで、警備員の威圧感を感じない。バックパックを肩に掛け、スーツにティーシャツにスニーカーというちぐはぐな格好をしていても気後れしない。警備員は入口の外にも中にもいるけれど、入館証をぶら下げていれば呼び止められることもない。怜にとって、それは小さくても大きな変化であった。風に弄ばれる落ち葉のような自分でも、葉脈から細い根っ子を生やせた気がする。

早朝のホールはまだ閑散として人影もない。怜はカードを手に持って、ゲートをスマートに通過しようとしたが、エラー表示が出て足止めされた。ブー、ブー、と不愉快な警戒音が鳴り響く。

「あれ」

再度入館証をかざしたが、再びエラーが出てしまい、何も悪いことをしていないのに焦りを感じて怖くなる。三度目もエラーが出たとき、警備員の一人がそばに来た。

「なんかエラーが出るんですけど」

惨めな気持ちで伝えると、警備員は入館証を取って写真と顔を照合し、裏を見てからID部分を機械にかざした。今度は何事もなくゲートが開いた。

「どうぞ」

と言われて、恐縮しながらゲートを通る。

その後は何事もなく荷物用エレベーターまで進めたが、なぜゲートが開かなかったのかわからない。昨日廊下に捨てた土門の名刺が上着のポケットに入っていたが、取り出して皺《しわ》を伸ばしつつ地階へ下りると、歩きながら尻ポケットへ押し込んだ。

最奥まで行って立ち止まり、シェルターのような扉を見上げる。

まだ夢を見ているようだった。採用されたことが未《いま》だに信じられないような、世界の歪みに塡まり込んでしまったような、なんとも不思議な気持ちがしている。息を吸い込んでから最後の一歩を歩きつめ、再びIDをかざして神鈴に教わったコードを打ち込むと、扉が開いた。

よかった、たしかに部屋がある。

警視正はデスクに座り、土門は会議用テーブルでお茶を飲んでいた。

「おはようございます」

礼儀正しく頭を下げると、土門はニコニコしながら、

「無事に来ましたね」

と言った。神鈴がお盆にお茶を載せ、警視正の前へ運んでいく。幽霊はお茶を飲めないだろうに、警視正も神鈴も平気な顔だ。

「それが……あまり無事じゃなかったんです。入館証をかざしたらエラー出まくりで焦りましたよ。警備員が試したらOKだったので入れましたけど」

「おーやおや」

湯飲《ゆの》み茶碗《ぢゃわん》を手に持って、土門はメガネ越しに怜を覗いた。

覗いただけで何も言わない。

「ここは入口ゲートの上に監視システムがついているのよ。侵入者が職員と重なって通過しちゃうとマズいから」

お盆を抱えて神鈴が言った。心なしかニヤニヤしている。

「侵入者なんて……あ、そうか、バックパックが引っかかったのかな。大きすぎて」

「いえいえそうではありません——」

と、土門が言った。

「——もしや、気付いていませんか？」

「何をです」

ここを使えと言われたデスクに荷物を下ろして訊ねると、土門はお茶を啜《すす》りながら、

「安田くんには背後霊が憑いてます」

ギョッとして後ろを向くと、

「よっ」

そこには姦姦蛇螺に殺された『若社長』がいた。あの日と同じスーツに青いシャツ、蛍光ピンクのネクタイをして、もがれた手足もきちんとあって、ポケットに片手を突っ込んだまま、ガムをクチャクチャ言わせている。

「……ええ？」

「初出勤に幽霊が付き添ってくるって珍しいわよ、お子ちゃまじゃあるまいし」

神鈴は言い捨て、給湯室へ消えていく。

「部外者立ち入り禁止なのですがねえ」

土門は深く溜息を吐き、

「安田くん、なんとかなさい」と、怜に言った。

目の前の男は間違いなく刑場跡地で殺された。それが原因で住処を追われ、ぼくは怪しい連中と、命を縛り合ってここにいるのだ。なのに若社長はバカっぽさもそのままに、ガムを嚙みながら片足で貧乏ゆすりをしているとは。

「どうしてあなたがここにいるんです？　ていうか、なんだってぼくの背後霊に」

「『背後霊』じゃなく『浩二《こうじ》さん』って呼べよ。俺が浩二で親父《おやじ》が健《けん》だ。こう見えて俺は関東皇帝組《かんとうこうていぐみ》の四代目だぞ」

それからちょいと首を傾げて、

「四代目だったかな」

と言い直す。怜のデスクに尻を載せ、片足を組んで腕組みをした。

「兄ちゃん、知ってるか？　知らねえだろうなぁ。ヤクザと言えばアレなんだ、高倉健《たかくらけん》に鶴田浩二《つるたこうじ》、祖父《じい》ちゃんが大ファンでよう。俺は親父が年喰ってできた息子だからさ、ぼんくらでも可愛がってもらったんだよ。それがホントにぼんくらで、まあ、親孝行もせずに死んじまったってわけなんだけどさ」

うひゃひゃひゃひゃ……と、背後霊は笑う。怜は土門と警視正を見たが、土門は新聞を読みながらお茶を啜っているし、警視正はあくびをしているだけだった。

「いつからぼくの背中に憑いていたんですか」

「だから『浩二さん』って呼べやボケ！」

幽霊は、いきなりキレたと思ったら、次には宙を見上げてしみじみ言った。

「死んでしばらくはあっちこっちへ行ったんだけどよ、俺のことわかるヤツが一人もいねえの。そこで思い出したのが兄ちゃんだ。あんたなら俺が見えるんじゃねえかと」

頭よくね？　と浩二は訊いて、怜の肩をバンと叩いた。風が体を通り抜けた。

部屋に土門の溜息が響く。生前も頭が悪そうだったが、馬鹿は死んでも治らないようだ。

「どうして成仏しないんですか。ぼくにくっついていても、いいことなんかないですよ」

「だよな、そこで相談なんだがよ」

幽霊はデスクを飛び降り、親しげに肩を抱いてくる。そのとき部屋の扉が開いた。

わずかに風が起きたのか、入ってきた広目の長い髪がふわりと揺れる。

「闖入者《ちんにゅう》がいるな」

と、広目は唸《うな》った。

「安田くんの背後霊です。関東皇帝組の四代目で、浩二さんというらしいですよ」

広目は浩二に目もくれず、最も暗い場所にあるデスクにさっさと座った。浩二は広目に付いていきながら、警視正を指して言う。

「てか、あのおっちゃんも死人だろ?」

「死人かどうかわかるんですか」

「そりゃオメエ……」

と浩二は言って、ボトボトボトッと、両手両脚を床に落とした。

胴体は宙に浮いたまま、嬉しそうにニヤニヤしている。

「ほれ、死人はさ、こんな芸当もできんだよ」

面接試験のときに警視正が自分の首を落としたのと同じ『芸当』だった。

「おっちゃんもだろ？　首とか宙に浮くんじゃねえの？　もっとグロくもなれるんだがよ、俺の美意識が許さねえから」

ぎゃははと彼が笑ったとき、

「安田怜！」

と広目が叫んだ。

「ぼくですか？」

「うるさくてかなわん。とっととそいつをなんとかしたまえ」

その時だった。置物よろしく自分のデスクに座っていた警視正が立ち上がり、「コホン」と、ひとつ咳払いをした。怜にグルリと顔を向け、次には「ニッ」と白い歯を見せる。彼は怜を席に呼び、自分の前に直立させた。

「安田怜研究員。死んだ男に頼られるとは頼もしい。やはりきみは持っているようだ。よい機会だから初のミッションを与えよう。この男……」

警視正は水平に伸ばした腕を浩二に向けた。

「このチンピラを、目出度《めでた》く成仏させてみたまえ」

「……どうやって」

怜は背後霊の様子を見たが、浩二はすでに土門の向かいに移動してお茶の匂いを嗅《か》いでいる。

「オッサン、それ八女茶《やめちゃ》っしょ？　八女茶っすよね？」

「いい鼻をしてますねえ」

土門は面倒臭そうにお茶を飲み干し、給湯室へ立っていく。怜とすれ違い様に、

「幽霊を成仏させるコツは、この世の遺恨を晴らしてあげることですよ」

と、教えてくれた。

「幽霊の遺恨、ですか？」

その幽霊は鼻をほじりながら、今度は広目に絡んでいる。

「ようよう姉ちゃんよう。その髪、何年伸ばしてんの？」

広目がついに怜を睨んだ。

「このチンピラいつ死んだのだ」

「三日前です」

「なぜ死んだ」

「肢解刑場跡地に入って姦姦蛇螺に殺されたんです」

「愚か者めが」

と、広目は唸った。

「腕の鱗甲を剝ぎ取ってしまえばよかったんですけど、まごまごしている間に気づかれ

て」

「当たり前だろ。皮剝ぐと言われてハイそうですかと言えるかよ」

広目はまたも怜に訊いた。

「その後死体はどうなっている」

今度は浩二が自分で答えた。

「原っぱにまだあるんじゃね？　手足は持っていかれちゃったけど、胴体は」

「では、新入り」

と、広目は怜に顔を向け、

「彼の死体から眼球を抜いて持ってきたまえ」

おぞましい命令をした。

「はい。って、え……？」

死体から眼球を抜いてこいと聞こえたが。

聞き間違いだろうかと思っていると、浩二が電光石火で移動してきて言った。

「おう。そんならすぐに行ったほうがいいぜ？　俺の親父が怒ってよ、兄ちゃんをバラバラにして連れてこいって息巻いてるし、西村に死体を回収してこいって命令してんだ。だからもしもあそこへ行って、西村たちと鉢合わせたらマズいだろ？　冬だしさ、死体もまだ腐ってねえし、なんなら早いとこ行って持ってくるのがいいんじゃねえかと」

「やっぱりそんな命令をしてたんですね」

「命令？　命令ってなによ」

「だから、ぼくをバラバラにして連れてこいって指令が出ているんですよね」

「ま、そこはあんまり問題じゃねえんだ。なあ……あのさ」

浩二はおねだりするように両手を揉んで、

「俺の目玉を取りに行くなら、ちょいと頼みがあるんだけどよ、なあなあ」

と、怜に腕を絡めてきた。距離感を取るのがうまくなり、腕は体を通り抜けない。

「俺の札入れを拾って持って帰ってくれねえかなあ。スーツの胸ポケットに入ってるからさ、頼むよ。それを持ってきてくれれば成仏するよ、約束する」

「心残りは金ですか？　金なんかあの世へ持っていけないでしょうに」

「そんなんじゃねえよ、早く行けって、行ってください、お願いします」

給湯室を出てきた土門が、ハンカチで手を拭きながら会話に加わる。

「背後霊が言うように急いだほうがいいでしょう」

「な？　ほら、聞いたか？　スダレ頭もああ言ってるじゃんか」

「ちょっと待ってください。それってぼくに遺体を回収しろって言ってるんですか？　そういうのこそ警察の仕事じゃないですか。ぼくと広目さんは研究員で……」

「遺体などいらん。欲しいのは眼球だけだ」

と、広目が言った。警視正の声も飛ぶ。

「給湯室からカレースプーンを持っていきたまえ。赤いテープを貼ってあるやつ。それを使うのが効率的だ」

「カレースプーンって……それもぼくがやるんですか」

「ほかに誰がいると思うのだ？」

警視正はデスクで笑った。

「初ミッションとしては手頃だし、心配せずとも相棒はつける」

では早速、と土門は言って、財布から五千円札を引き抜いた。


直後、怜は日本橋にいた。

五千円は現場までの足代かと思ったが、土門は日本橋髙島屋《たかしまや》で和菓子を買ってこいと言ったのだ。買うべき菓子も指定してくれればいいものを、何を買えばいいかと訊ねると、土門は「領収証を忘れずに」とニッコリしただけだった。

菓子の売り場がずらりと並ぶフロアは、クリスマスムードに溢《あふ》れている。和菓子コーナーにも雪だるま形の大福や星の形の煎餅《せんべい》や、サンタクロースの餅が入った汁粉など、珍妙な品が溢れている。目新しい和菓子に馴染《なじ》めず売り場を遠目に眺めていると、一軒の売り場に着物姿の老婦人がいて気持ちが惹かれた。地味なデザインを粋《いき》に着て、白髪をキリリと結い上げて、背中に定規が入っているかと思うほど姿勢がよく、笑うときには歯を見せず、小首を傾げて接客している姿が美しい。

怜はそうした人に惹かれる。自分が得損ねたものすべてを大切に育《はぐく》んでいる感じがするからだ。あんな女性が売り子をしている店ならば、品質も確かに違いない。

その店が扱っているのは団子であった。

吸い寄せられるようにしてショーケースに近づくと、陳列棚には小振りな団子が並んでいた。あんこに、ずんだに、ゴマにきな粉。様々な種類があったけれども、一番輝いて見えたのは醤油《しょうゆ》味のみたらし団子だった。ツヤリと照りのいい甘ダレが老婦人の着物と同じ色だったので、怜はそれを二十本買った。

領収証を切ってもらって警視庁へ戻り、入退室管理システムにIDをかざすと、今度は難なくゲートが開いた。ミカヅチ班の部屋に戻ると、会議用テーブルに神鈴がお茶の準備をしているところであった。

「おかえり」

と言いながら、土門は領収証をよこせと手を出した。釣り銭と領収証を渡すと、

「何を買ってきましたか」

と訊く。

「みたらし団子ですけど」

「ほほう」

隅で広目の声がした。彼はほとんど表情がないので、感心したのか小馬鹿にしたのかわからない。

「では安田くん。三婆ズをここへ呼んできてください」

「なんですか？　三婆ズって」

「安田くんも面接試験の日に世話になっただろう？　千さん、リウさん、小宮山さんといって、普段はここの清掃員をしている婆さんたちだ」

警視正が教えてくれた。

「ミカヅチの仕事に彼女たちは欠かせないのだよ。三婆ズはここにいる誰よりも経験豊富だ。ミカヅチのブレインで、ときに指導者でもある。ま、自由人なので扱うにはコツがいるがね。きみもやがてわかるだろう」

「この時間だと、食堂あたりのトイレ掃除をしているはずです」

買ってきた団子をテーブルに載せながら土門が言う。

怜は再び部屋を出た。

「あ～ら～、巌邑堂《がんゆうどう》のみたらし団子じゃないの。わたくしこれが大好きよ」

テーブルの団子を見たとたん、白髪のリウさんはピンク色の唇で「おほほ」と笑った。

土門が予測したとおり、婆さんたちは食堂があるフロアでトイレ掃除をしていた。それが女子トイレだったので、怜は『ただいま清掃中』の看板のあたりから首を伸ばして、「すみませーん」と、婆さんを呼んだ。使用中の女性はいないとわかっていても、女子トイレに入っていくのは気が引ける。

最初に顔を出したのがリウさんで、土門班長が呼んでいますと伝えると、すぐさまほかの二人に片付けの指令を出した。どうやら白髪のリウさんが最も年上で発言権が強いらしい。婆さんたちは会議用テーブルに載ったお茶と団子を目にすると、遠慮もせずに腰掛けた。

「おれの漬物も、持ってきてやればよかったな」

四角い体の小宮山さんは、座るなり団子の包みを引き寄せた。この人は、初対面のときも守衛と奈良漬けの話をしていたと思う。

「巖邑堂の団子は美味しいんだよ。本店は浜松だっけ？　浜松のことは知らないけどさ」

ドレッドヘアの千さんは団子を三本手に取ると、一本ずつを仲間に分けた。ミカヅチ班の職務については絶対秘密と聞かされていたのに、掃除の婆さんたちが部屋に来て、団子を食べてお茶を飲んでいるのはどういうわけか。ミカヅチの仕事に彼女たちは欠かせないと警視正は言ったけど、どこをどう見ても姦《かしま》しくて図々しい婆さんたちにしか見えない。

姿が見えないのをいいことに幽霊の浩二もそばに来て、テーブルを覗き込み、

「おい、なんだ？　ここじゃ掃除の婆さんたちにお茶出すのかよ」

と、言って笑った。

「つか、婆さんみんなキャラ濃くね？」

千さんの後ろに立ってアフロドレッドを一房引っ張ると、千さんは蝿《はえ》を追い払うように頭を振った。

「うひひひ、おもろ。いちおう何かは感じるんだな」

浩二は次に白髪のリウさんの前へ行き、お上品にお茶を飲んでいるリウさんの顔を覗き込み、腕を外してブラブラさせた。

そのとき、四角い体の小宮山さんがポケットから何かを出して浩二に投げた。

「ぎゃ」

とたんに幽霊は消滅する。

「うめえ。今日のは出汁《だし》がきいてて特に旨いな」

小宮山さんは指をなめながらすましている。不思議に思って怜は訊いた。

「もしかして、見えるんですか？」

怜が訊くと、

「なにが？　幽霊か？　見えるよ」

と、小宮山さんが答えた。

「仏様になったなら、少しは改心するものよ。お茶の時間にお行儀悪い」

リウさんも平気な顔だ。それを見て土門は苦笑している。

「階級的に言いますと、リウさんたちは私のすぐ下、神鈴くんや広目くんや安田くんの上司のようなものになりますか」

怜は目を丸くした。便所掃除をしていた婆さんたちが、警察庁職員の神鈴や特殊研究員の広目よりも偉いと土門は言うのだ。

「え、じゃ、さっき幽霊に何を投げたんですか」

「塩だよ、塩。漬物の塩だ」

小宮山さんは上着のポケットに手を突っ込んで、塩の入っていた紙袋を出し、

「小者の霊が出たとき使うんだ。鬱陶《うっとう》しいからな」

と、言って笑った。

「トンでもねえババアだぜ」

浩二は広目の背中に現れると、半分隠れながら悪態《あくたい》を吐いた。

「すべてはおまえを成仏させるためではないか。少しは口を閉じていろ」

タイプを打ちながら広目が言った。

「お団子は高級品でもお茶が安物。八女茶とか宇治茶とかにしてほしかったわ」

リウさんがピンクの唇を尖らせる。

八女茶じゃねえのかよ、と浩二が恥ずかしそうに呟いた。

「申《もう》し訳《わけ》ありませんねえ。お茶は官給の品でして」

「スーパーの特売品だろ？　休憩室のもこれだよな。色は出るけど旨かぁねえよ」

文句を言いながらも、小宮山さんはお茶を飲み干した。二十本あった団子はみるみる消えて、一人あたま五本を平らげたところで婆さんたちはようやく食べるのをやめた。

「あとは包んでもらっていいかい？」

「もちろんですとも」

と、土門は言った。状況が理解できずに怜は神鈴のそばへ行き、こっそり訊いた。

「どうなってるんですか？」

神鈴はパソコンの画面から顔を上げ、会議用テーブルを見て言った。

「三婆ズはミカヅチ班の外注先よ。お掃除会社に雇われていて、警察官でも職員でもないから、命令では動かない。自由人だし気分屋だから土門班長は大変なのよ」

小宮山さんが振り向いた。

「おれたちを使うにゃ、ハートをキャッチしてもらわんじゃ」

「わたくしは広目ちゃんのファンだから、いつでも頼ってくれていいのよ」

「リウさん動かすのに金なんかいらない、色男の一人もいればいい、ってね」

千さんがそう言って、婆さんたちはガハハと笑った。

「さて、では、そろそろお知恵を拝借したいのですが」

小宮山さんが団子をしまうのを待って、土門自身がテーブルに着き、

「安田くん。神鈴くんも、ここへ来て」

隣に座れと手招いた。

神鈴がポシェットを持って席に着く。立ったままキョロキョロしていると神鈴が椅子の座面を叩いたので、怜もそこに行って腰掛けた。広目はタイプを打っていて、浩二は背中で仕事の邪魔をしている。

「ようよう、このペットボトルはなんなんだよう。水か？　酒か？　ガソリンか！」

特大の溜息とともに広目はジロリと目を細め、

「リウさん、俺からも頼みます。このチンピラを、早く、なんとか、してください」

「いいわよーっ、広目ちゃんに頼まれちゃねえ」

リウさんはニッコリ微笑んで、

「そのかわり、あとで広目ちゃんの髪の毛を、ちょっとだけ触りたいわあ」

と、ウインクをした。椅子にふんぞり返って小宮山さんが訊く。

「ところでさ。土門さんは、おれらに何を訊きたいの」

太い脚を豪快に組んで、爪《つめ》の垢《あか》をほじっている。千さんだけが怜を見つめ、

「こういう髪だと苦労するよね？　どこまでも頭が大きくなってさ」

しきりに同意を求めてくるので、

「そうですね」

と、怜は答えた。たしかに土門班長は大変だと思った。

「お三方はご存じかどうか、八王子に刑場跡地がありまして」

さすがの土門班長は、厭な顔ひとつせずに話題を修正する。

「大和田かい」

小宮山さんが言い、

「大和田刑場は河原だったよね。今はマンションが建ってるよ」

千さんが、ようやく話に加わってきた。

「大和田刑場から、もっとずっと山へ入っていった先です」

怜が言うと、

「それなら江戸より昔の刑場じゃない？　そうよねえ？　広目ちゃん」

と、リウさんが訊いた。広目は聞こえないふりをした。

「山ん中だよ。薄気味悪い山ん中。入口に木が立ってるんだよ」

広目の背中に隠れて浩二が言った。土門が会話の指揮を執る。

「肢解刑場跡地のことです。そこにいるアレを、現代《いま》の誰かがネットで流布したようでして、姦姦蛇螺とか生離蛇螺《なりじゃら》とか呼んで有名になってしまいましてね」

「俺はそいつに殺されたんだよ」

浩二はいきなり手足を落として見せたが、婆さんたちは、「はいはい」と言っただけだった。白《しら》けたふうにハンカチを口に当て、リウさんが咳払いする。

「あそこはアッケシソウの群落になっていて、夏過ぎから秋の終わりまで血だらけのように見えるのよ」

（アッケシソウってなんですか？）

隣の神鈴にこっそり訊くと、

「塩生植物の一種ね。肢解刑場跡地は土壌が塩を含むから、普通の草は生えないの」

と、教えてくれた。

「気味が悪いし臭いしね、普通の人なら近づかないよね」

千さんが厭そうに宙を払った。

「現代の人は知らないのよね。姦通《かんつう》や鶏姦《けいかん》が大罪だった時代があって、罪人は手足を切られて塩漬けにされて、日干しのままさらされたのよ。昔は人権のなんのと騒ぐ人もいなかったから、牛や馬に引かせて四裂きにしたり、そりゃあ惨《むご》い処刑の仕方をしたそうよ？見せしめにして言うことを聞かせるためだったけど、四裂きなんかは死にざまが惨いだけで苦しむのは一瞬でしょ？　肢解刑は、それじゃ生ぬるいということで考え出された刑なのよ。あのあたりでは風が吹くたび、殺してくれ～……殺してくれ～って、苦しむ声が三里四方に聞こえたそうよ。今も姦通罪があればどうなっていたかしら?」

リウさんが言う。

「すぐに死ねない死罪は惨いよ。おれだったら三人四人は道連れにせんじゃ、自分だけあの世へなんか行けねえな」

小宮山さんが笑ったとき、

「その場所へ、眼球を拾いに行かねばならないのです」

と、土門が話し、

「やめときな」

千さんがすぐさま言った。

「死霊の生成《ナマナリ》は怖いんだよ。体が半分あるんだからさ」

「そうよね。幽霊ならともかく、体があるのは怖いわよぅ」

(体が半分あるってどういう意味です?)

またもこっそり訊ねると、神鈴は、

「ついてる手足が実体だから、直接攻撃できるって意味——」

と、教えてくれた。

「——幽霊が祟ったりするのは即効性がないからまだ猶予があるけれど、実体を持っているものに襲われたなら……」

広目の後ろに目をやって、「即座にああなるわけでしょう？」と言う。

「ぼくも現物を見ましたけれど、アレの正体って蛟ですよね」

「たぶんだけど、刑死者の死霊が蛟に取り憑いて、人を襲っているうちに、狩った手足と合体して怪物になったってとこかしら」

まるで見てきたように言う。

「松平さんも姦姦蛇螺を知ってるんですか？」

訊ねたが、今度は返事をもらえなかった。土門は三婆ズに食い下がる。

「怖いのは重々承知の上ですが、事態が切迫してまして、あの彼はヤクザの四代目なのですよ。死体が禁足地に置き去りになっているので、仲間が回収に来ればさらに犠牲者が増えることになります」

「いいんじゃねえの？　ほっとけば」

「そうは行きません。車がないと行けない場所で、こちらの仕事も増えますし」

「そうだよな。騒ぎになれば土門さんが叱《しか》られるもんな」

婆さんたちは「きひひ」と笑った。

「仰《おっしゃ》るとおり。私のためにも早く彼を成仏させて、色々と始末をつけませんと。なにか方法はありませんか？」

「なーんでそんなところへノコノコ行くかね……バッカだねぇ」

ドレッドヘアの千さんが蔑《さげす》む口調で浩二を睨んだ。

「き、肝試しだよ」

「そんで自分が幽霊になってな」

世話ねえな、と、小宮山さんはカラカラ笑った。

「ところで、目玉のある場所はわかっているのかしら」

「そんなには遠くねえ。フェンスの近くだ。脚を食い千切られたとき体が飛んで、金網に当たって落ちたんだから」

「フェンスの近くって……周り中全部フェンスじゃないですか」

怜が言うと、

「そうだけどよ……ええっと、うーんと、こう行ってこう行った、ここら辺だよ」

浩二は指先で宙に地図を描く。どのあたりか、さっぱりわからない。

「神鈴くん」

土門が目配せすると神鈴は席を立っていき、ノートパソコンを抱えて戻った。テーブルにパソコンを置いて画像を呼び出す。それは禁足地を上空から俯瞰《ふかん》したものだった。

「こんなデータを持ってたんですか」

怜は訊いた。何もかも驚くことばっかりだ。

「当たり前。東京とその周辺の監視スポットは、すべてデータ化されているのよ」

「監視スポットってなんですか？」

「危ない場所に決まってるだろ。このお兄ちゃんはなんにも知らないね。土門さん、こんな新人でよかったのかい？」

食べ終わった団子の串《くし》を歯の隙間に突っ込みながら小宮山さんが訊き、

「いいんだよ。頭が大きくて目がきれいで可愛いじゃないか」

と、千さんが答えた。神鈴が呼び出した画像には、アスファルトのひび割れた道路や草だらけの脇道、どん詰まりの立て札や金網フェンスがはっきりと写っている。

俯瞰で見ると、フェンスの中には一本の木も生えていない。アッケシソウの草地はあまりに赤く、所々に白骨や屍《しかばね》の残骸《ざんがい》らしきものが落ちている。あの場所で犠牲になった者は多いはずだと思ってはいたが、少なくとも十数体の白骨が見える。

「残念ながらこれは今現在のデータじゃないの。監視カメラに不具合が起きたみたいで、リアルタイムの映像が出ないのよ。でも、背後霊が襲われた直後の映像はここに……」

神鈴は前のめりになると、当時の映像に切り替えた。

「そこだ」

と、浩二がそばに来て叫ぶ。草地にピンクのコートが見えた。

「女の死体だ。俺が死ぬとき目の端《はし》にコートが見えたから、もっと左だよ、そこ、それ、それが俺だ」

金網の下にショッキングピンクのネクタイが確認できる。青いシャツは血でどす黒くなり、袖とズボンは裂けたようだが、胴体はまだ服を着ていた。

「よかった。上着は着たままだ。その内ポケットに札入れがある。頼むからそれを取ってきてくれ」

死体があるのは浩二が金網に空けた穴から十数メートル先。怜が身を隠していた場所の近くのようだ。

「入って、取って、十分程度ってとこかいね？」

いつの間にそばへ来たのか、気がつけば三人の婆さんたちが怜と神鈴の背後からモニターを覗き込んでいる。

「十分くらいならなんとかなるかもしれないわよね」

「そうだな。土門さん以外は若いしな」

口々に同じことを言う。土門もそばに来て、

「やっぱり秘策がありますか」

と訊いた。

「秘策ってほどのことでもねえが」

小宮山さんは腰に手を当てて背中を伸ばし、

「リウさんのあれを貸してやったら？ それしかねぇよ」

リウさんは耳をほじって聞こえないふりをした。部屋の隅から広目が頼む。

「俺からも頼む。こいつがいると鬱陶しくて仕事にならん」

そのとたん、リウさんはニッコリ笑った。

「それではちょいとお待ちの助」

いそいそと廊下へ出ていくと、薄い本を持って戻った。恥じらうように背中を向けて、それを怜に押しつける。表紙を覗いて浩二が叫んだ。

「なんだぁ、江戸時代のスケベ本じゃあねえか！」

「今どきの若いもんは言葉を知らねえな。スケベ本じゃなくて春画ってんだよ」

「大人の芸術作品よ」

怜は本を開いてみたが、そのものズバリが絵になっていて、いたたまれずにすぐ閉じた。筆で描かれた交合シーンは写真の数倍迫力があり、生々しくも淫《みだ》らであった。

「春画をどう使うのですか」

土門が訊いた。

「肢解の霊は欲情を咎められて刑罰を受けた罪人でしょ。手も足も失って自分を慰めることもできないのに、大事なところは塩漬けにされて残っているんだもの、辛《つら》いのよ。怨念《おんねん》は人格を失って欲望だけになっているから、余計にね」

婆さんたちはスケべったらしく「ふっふ」と笑った。

「本能だからねえ」

と、千さんが言い、

「エロは最強」

と、小宮山さんが宣《のたま》うと、

「いただき」

と声がして、神鈴がポシェットの蓋をパチンと鳴らした。

「つまりはこういうことですか？　化け物が出たら春画を見せれば、それに食い付いてくるので時間稼ぎができると」

土門が訊ねる。

「飢えてるんだもの当然じゃない。手も脚もあるけど全部他人のものを集めているから、思うようには動いてくれない。そりゃもうイジイジするはずよ」

「どの手とどの手がセットだったか、化け物にはわからねえんだよ」

「『ムキー』ってなってる間に逃げりゃいい」

「まさか、それが撃退法？」

怜が訊くと、小宮山さんは鼻で嗤った。

「はっ、撃退なんかできるわけねえ。化け物が春画に夢中になってるスキに、あんたが目玉を取ってくんだよ。そういう話をしているの」

苦笑しながら神鈴も言った。

「死霊は土に宿っているから、生きた人間が結界に入ると精気を感知して湧いて出るのよ。ただ、あそこの死霊は一人じゃなくて大勢の怨念の集まりだから、形を成すのに……。

そうね、二、三分はかかるかしらね。手足も多いから、それを並べるのにも少し時間がかかるわ。湿っていて霊気が濃い夜ならともかく、今は冬で乾燥してるし、昼間は蛟が水を必要とするから雨を降らせる。それにも数分かかるかしらね」

「そういえば、この前も雨が降りました」

怜が言うと、

「そうだよ、降ったよ」

と、浩二も頷く。千さんがドレッドヘアをワサワサ揺らして頷いた。

「春画に目を留めるのだって、長い時間じゃないと思うよ。何百本も手があるんだし、取り合いになったら破けちゃうしね」

「そうよね、残念」と、リウさんは言った。

「レプリカだけど高かったのよ。広目ちゃんのためだから我慢するけど」

「目玉を抜く時間はどんくらいかかるの？」

小宮山さんが訊ねると、

「慣れていないから五分程度はかかるだろう」

と、広目が答えた。

「飛び出して落ちているとか、ないんですか？」

浩二が首を左右に振ったので、怜は溜息と共に肩を落とした。三婆ズは立ち上がり、湯飲み茶碗に残ったお茶を飲み干した。リウさんだけが広目のそばへ寄って行き、キャアキャア言いながら彼の髪をいじっている。

「ああ……感じるわ。広目ちゃんのエクスタシーを感じる」

広目は唇を真一文字に結んで目を瞑り、髪を撫でたり捻ったりするリウさんの指に耐えている。ポーカーフェイスをしているが、全身に鳥肌が立っていることだろうと怜は思った。

「ほれ、リウさん。いつまでも遊んでないで便所掃除を終わらせないと」

強く小宮山さんが言ったので、リウさんは残念そうに広目を解放し、残った団子を持って部屋を出て行った。

「リウさんの男好きも病気の域だな」

「男が好きでどこが悪いの」

「べつに悪かぁねえよ」

「そんなに髪の毛が好きなら、あたしの髪を編んでくれりゃあいいのに」

「千さんは女じゃない」

部屋の扉が閉まったとたん、三婆ズの姦しい声も消え去った。嵐のような婆さんたちのお喋りと、おぞましい任務との落差に、怜はしばし我を忘れた。人生で初めて瓢箪《ひょうたん》から駒《こま》を味わったと思っていたのに、うまい話にはやっぱりオチが付いていた。

「じゃ、安田くん。これね」

親切にも土門がくれたカレースプーンには、赤いテープが巻いてある。怜がスプーンを受け取ると、

「出かけようか」

と、警視正が言った。立ち上がって、巾着袋に手を置いている。

——保全と事務と清掃ですね——

最初に会ったとき、土門は仕事の内容についてそう告げた。どこが保全で、清掃だ？

警視正の幽霊と、右手に握ったテープ付きスプーンを交互に見やり、怜は心で雄叫びをあげた。そして自分のザックを開き、そこに警視正の髑髏を入れた。

其の四　肢解刑場の惨劇

眼球回収の任命を受けたのは怜と神鈴の二人で、お目付役として警視正が同道したが、

如何せん幽霊なので、できることは特になさそうだった。怜はスーツからパーカーに着替えてザックを背負い、テープ付きカレースプーンとラテックスの手袋をポケットに入れ、春画を持って、神鈴が運転する車の助手席に乗り込んだ。

どことといって特徴のないシルバーの軽自動車だったが、エンジンはターボチャージャーで、モニターの大きなカーナビのほか様々なシステムが搭載されていた。神鈴はやはりポシェットを持ってきて、それを座席の隙間に挟んだ。片時も離さずに持ち歩いているわけは、子供のころに買ってもらった誰かの形見だからなのか。

「ちゃんとシートベルトしてね」

神鈴はエンジンをかけて言い、

「安田さんって幾つなの?」

と訊いてきた。警視正（の幽霊）は髑髏の入ったザックと共に後部座席に座っているが、真昼の屋外ではシートのシミさながらに薄っぺらい感じがする。それをバックミラーで確認しながら怜は言った。

「二十三です」

「私のほうがひとつ上だわ」

駐車場の出口で停止すると、警備員が門を開けてくれるのを待って外へ出た。

「松平さんって、あの班に長くいるんですか?」

「長いと言えば長いけど……私のことは神鈴でいいよ」

彼女はちょいと振り向いた。

「名字で呼ばれるの、ヤなんだよね、特に桜田門界隈《かいわい》では」

どういう意味かわからずにいると、先の信号で車を止めて、

「警視庁本部が建っているのは豊後杵築藩松平家の跡地なのよ」

と、教えてくれた。

「……はい」

「もう、鈍《にぶ》いなあ……私は松平家の末裔《まつえい》で、代々あそこを守っているの。松平と言ったら松平家でしょ？」

「はい……って、え？　守るって警視庁本部を、ですか」

「そうじゃなく、今は警視庁と警察庁が守っているのよ」

それは班の部屋にある『開かずの扉』のことだろうか。

当番勤務の名目で宿泊してみて気付いたことだが、扉の赤い落書きは夜の間に書き換えられる。誰がなぜ書き換えるのか知らないが、見るたび模様が変わっているのだ。

「広目さんがリーサルウェポンと呼んでた扉のことですか？　あの中はいったい」

「そのうちわかるわ」

神鈴は急発進して首都高に向かった。以降はほとんど話もせずに車列の隙間を突いてい

く。ハンドルを握れば人格が変わるという人を、初めて間近で見た気がした。

刑場跡地に至る道筋は前回来たときのままだったが、神鈴が運転するのは軽自動車なので狭い山道も軽快に進む。この車のカーナビには特殊なソフトが入っているらしく、フェンスで囲まれた場所に『肢解刑場跡地』と地名まで明示されていた。おそらくはパソコンに呼び出した航空写真と同じデータを使っているのだろう。

枯れ色になった山は寒々しくて、細長い枝が空に向かっているさまは、張り巡らされた毛細血管のようだ。悪路をガタガタ進むうち、前方に目印の木が見えてきた。枯れ葉が風に千切れて舞い上がり、車の外気導入口からドブの臭いが入り込んでくる。

ギャア、ギャア……遠くであれの鳴き声がした。

「姦姦蛇螺が鳴いていますよ」

と、怜は言った。

「ホントだ。よく鳴いてるね。あれって聞く人が聞けば、『殺してくれ〜』に聞こえるみたいよ」

神鈴が言うのでゾッとした。ムカデにも劣《おと》らぬほどの手足を持って、蛇の体に女の顔を貼り付けた化け物が、『殺してくれ』と鳴いていると考えただけで、おぞましさに鳥肌が

立つ。目印の木に近づいたとき、神鈴は車のスピードを落として、

「あー……ちょっとマズいかも」

と、呟いた。後部座席から警視正が訊く。

「どうしたね？　神鈴くん」

神鈴はハンドルを切って脇道に入ると、奥まで行かずに車を止めた。『マズい』理由は怜にもすぐわかった。そこに西村の高級車が止まっていたのだ。すぐ逃げられるようにボンネットをこちらに向けて、トランクを開けたままフェンスの前に駐車している。奴らはすでに浩二の遺体を回収に来ていたようだ。

エンジンを切ってハンドルに寄りかかり、神鈴はじっと前を見る。

ギャア……ギャア……姦姦蛇螺の声が遠くで聞こえる。

「連中はどこかな」

思わず怜も呟いた。

「ほら見て、やっぱり監視カメラが壊されてるわ」

と、宙を指さして神鈴が言った。

「だから画像が拾えなかったのよ。誰か拳銃《けんじゅう》を発砲したのね」

指の先には金網フェンスの先端があって、鉄条網と注連縄がからみついた支柱の先からコードとカメラがぶら下がっていた。

「ううむ、確かにちょいとマズいことになったかもしれんな」

後部座席で警視正も言う。

「それじゃ、ここへ来た連中は……」

「わかってるくせに」

神鈴は呆れ顔で鼻を鳴らすと、怜に向かって苦笑した。

「全滅したのよ。もちろん」

「神鈴くん。すぐ赤バッジに電話したまえ」

警視正の命令で神鈴はどこかに連絡を取った。運転席と助手席の間に置かれたツールを使い、ブルートゥースで呼びかける。

「至急、至急、こちら処理班の松平ですが。極意《ごくい》さんはいらっしゃいますか？」

少々お待ちください、と声がしたあと、男の甘いテノールが応じた。

――はい、赤バッジ――

「神鈴です。肢解刑場跡地で事件。死亡者はおそらく数名。これから入りますが……」

――了解――

相手が通話を切ろうとすると、

「ちょっと待って」

と神鈴は言った。

「あと、死亡者は一般人じゃなく、ヤクザなの」

そして怜を振り向いた。相手の素性は何だっけ？　と訊くように。

「関東皇帝組の西村って若頭と、手下ですかね」

「聞こえた？　四代目の浩二って男がここでやられて、遺体を回収に来たみたいなの」

——チッ——

と、相手は舌打ちをした。

「高級車が乗り捨てたままになってるし、組の連中が様子を見に来ちゃうかも。あと、監視カメラも壊されてるから、写真撮って送るね」

——そっちは何しに行ってんだ——

どんな男か知らないが、惚《ほ》れ惚《ぼ》れするほど甘いテノールがそう訊いた。

「四代目の眼球を拾いに来たのよ」

「死んだ四代目が背後霊となってうちの新人にくっついてきたのだが、うるさくて仕事にならんのだ。広目くんがブチキレて、成仏させろと言っておるんだよ」

——わぁーった、了解——

と相手は言って、通信を切った。

「今のは誰です？」

「極意京介《きょうすけ》って殺人課の刑事。うちでは赤バッジって呼んでるの」

「警視庁捜査一課の所属だが、降格人事でうちの班のフォローをさせられておるんだよ」

「なんかやらかしたってことですか」

「マル暴と被った案件で、被疑者を半殺しにしてな」

「時々自分をコントロールできなくなるのよ」

神鈴はそう言ってから、

「あれはどこ？　リウさんの春画は」

と、怜に訊いた。怜が春画を差し出すと、筒状に丸めて太股《ふともも》に挟み、ポシェットのショルダーベルトを伸ばしてたすき掛けにし、スマホを持ってドアノブに手をかけた。

「ヤクザはいつ頃来たのかしらね？　監視カメラがないとホントに不便」

文句を言いながらドアを開け、外に出た。

怜も両手にラテックスをはめ、スプーンなどの持ち物がポケットにあるのを確かめてから車を降りた。準備が整うと車内を覗き込んで神鈴が言う。

「警視正はここにいてください。安田さんがザックを背負うと逃げにくくなるし」

「そうだな。それがいいだろう」

警視正は威厳《いげん》を漂わせて頷いた。

車外には濃厚な血の臭いが漂っていた。空は灰色の曇天《どんてん》で、今にも雪が降り出しそうだ。吹き付ける風は冷たいが、こんな臭いがする場所は空気が冷えているほうがいい。

ギャア、ギャア、遠くでアレが鳴いている。

神鈴から話を聞いた今となっては『殺してくれ』と鳴いているようでゾッとする。

ヤクザの高級車に近寄ると、神鈴は窓から車内を覗き、ドアノブにハンカチを被せて引き開けた。やはりロックはされていない。怜はトランクを見たが、浩二の死体を入れるためにブルーシートが敷き詰めてあった。金網はさらに大きく切りとられ、出入りしやすいよう地面にシートが敷かれている。浩二の遺体の回収は若頭にとって責務だったのだろう。神鈴は高級車の様子を写真に撮って『赤バッジ』に送り、

「キーレスは面倒くさいのよ。鍵《かぎ》は遺体が持ってるでしょ？　どれが誰の死体かわからないから、鍵を探す暇ないと思うの」

と、ブツブツ言った。

「ヤクザの車も動かすんですか？」

「後でね」

壊れた監視カメラの写真も撮って送ってから、立て札の文字を見る。

――これより先に立ち入る者は死を覚悟せよ――

神鈴は唇を嚙んで首をすくめた。

「親切に書いてあげても、入るヤツは入るのよねぇ」

顎をしゃくって怜を呼んで、一緒に金網の穴まで行った。

「あの幽霊、青いシャツにピンクのネクタイしてたよね」

「ド派手なピンクのネクタイですね」

「じゃ、金網の近くでそれを探して。顔はもう変わっちゃってると思うから、着ているもので判断するのよ。断末魔の形相は、ふつう識別できないし」

「うう……やだな」

と怜は顔をしかめた。

「スプーンは？　持ってる？」

怜がパーカーのポケットを叩くと、神鈴は空を見上げてまっ白な息を吐き出した。

「新しい死体が増えていても、眺めたり、状況を把握しようとは思わないこと。そんな時間は一切ないから、感情を捨てて眼球を刳《く》り抜き、戻ること。初めてのときは人間の目玉と思わないほうがいいわ、吐きそうになるから。そんな余裕はないんだし……あと、私も一緒に入るけど、写真を撮らなきゃならないからフェンスをくぐったら別行動よ？　いいわね？」

「やっぱりぼくが刳り抜くんですね」

「当然じゃない。自分の顔に手を当てて、眼窩《がんか》のかたちを触ってごらん？　穴の上部にさしこんでグッと入れ、テコのように上げるのよ？　ポロッと地面に落とさないように」

可愛い顔してさらりとエグい説明をする。話を聞いているだけで、怜は目の下が痙攣《けいれん》してきた。

「札入れの回収も忘れずにね」

ああそうだった。任務があまりにも猟奇的で、札入れのことなど忘れていた。

「じゃあ入るわよ？ 私がアレに春画を投げつけたら、眼球を回収できていなくても、ためらうことなく外へ出るのよ、わかった？」

「わかりました」

ギャア……ギャア……鳴き声が遠のいてゆき、あたりは不意に静かになった。

フェンス近くは腰のあたりまで草が茂っている。その草むらの数メートル先が赤い窪地で、突然視界が開けていく。前回は雨でよく見えなかったが、今日は惨状を見るだろう。神鈴がたすき掛けにしたポシェットから、キャラクターが幸せそうに怜を見ていた。

「よし。じゃあ先に入って」

急かされて金網をくぐる。西村たちが穴を広げてくれたので、前回よりも数倍楽だ。草地に立つと、金網の外とは比べものにならない悪臭に襲われた。

むせかえるほどの酷い臭いがメンタルを直接刺してくる。そうか、これは恐怖の臭いだ。襲われた者たちの悲鳴の臭いだ。それは心を侵蝕《しんしょく》し、死者が感じたものを感じさせる。恐怖で体が縛られる。

神鈴を案じて振り向くと、彼女の小さい体は草に潜ってもう見えない。ギャア、とひと声アレが鳴く。怜はモニターで確認してきた浩二の死に場所へ向かって走った。

空はまだ鈍色だ。酷い臭いだがあたりは静かだ。そう思ったとき地面が揺れて、びゅう！　と風が草を倒した。草地の奥にピンクのコートがチラリと見える。

怜は服で金網を擦りながら、草をかき分けて先へ行く。と、何かに脚を取られて草むらに倒れた。目の前が血溜まりになっていて、何を踏んだかと振り向けば、虎を刺繡したスタジャンの、安っぽくテカった生地《きじ》が目に入り、次には死んだキントラの青白い顔と向き合った。喉《のど》が勝手に「ひい」と鳴る。這いつくばって立ち上がり、怜はさらに先へ進んだ。シャラシャラシャラ……と金網が震える。恐ろしい速さで金網を這う姦姦蛇螺の姿が蘇《よみがえ》る。ムカデのように動く脚と手、蛇体についた女の顔。恐怖の臭いが迫ってくる。

シャラシャラシャラ……どこだ、浩二の死体はどこだ。

「くそ」

と、吐き捨てて、スプーンを握った。バカみたいだ。怪物と戦う武器も持たずに、ただ女の子に春画を持たせて禁足地に踏み入ったなんて。シャラシャラシャラ……金網はさらに揺れ出した。どこにあるんだ、あいつの死体は。伸び上がって周囲を見ても、草が邪魔でよく見えない。くそう、どけ、邪魔くさい草め！　そのとき、

「右だよ、安田くん」

と、警視正の声がした。

怜は右に踏み入った。草の合間に何かが見える。血飛沫《ちしぶき》で赤く染まった白いスーツと、血でどす黒くなった青いシャツ、そこだけ鮮やかなピンクのネクタイ。四つん這いになって近くまで行くと、跪いて、顔を見た。

なんてこった。浩二は確かに死んでいた。ミカヅチ班で見る幽霊の豊かな表情はどこにもなくて、口を開け、目を見開いて、恐怖のあまり頬とこめかみが窪んでいる。

悪臭が肺に飛び込み、怜は地面に生唾《なまつば》を吐く。

「急いで！」

と、どこかで神鈴が叫ぶ。

人間と思っちゃいけない。思っちゃいけない。

怜はギュッと目を閉じて、ハンカチを出して死体の顔を覆った。手を入れて眼球をまさぐるだけで、よそよそしい冷たさにゾッとする。

「ごめん」

と言ってスプーンを立て、力一杯眼窩にさし込む。

「うあぁあぁあぁあ……」

気持ち悪さに悲鳴をあげて泣きながら、もう片方の手で眼球を受けた。この感触を、この罪悪感を、きっと自分は、生涯忘れられないだろう。

「来るわよっ、急いで」

再び神鈴の声がする。

被せたハンカチで眼球二つを包み取り、ビニール袋に入れたとき、眼球を失った浩二の顔面が剝き出しになって心臓が凍った。怜は咄嗟《とっさ》にパーカーを脱ぐと、無残《むざん》な死体に着せかけた。ズボンのポケットに眼球を入れて立ち上がったとき、

……殺してくれぇ……

草むらから声がした。

空には黒煙のような雲が湧き、あたりは暗くなっている。

ころしてくれえぇ
地面からわずか数センチの場所に白い女の顔があり、こちらを向いて笑っている。

殺してくれぇ
その顔に表情はなく、ただ口だけが笑っている。汚れた髪が額に張り付き、半月形に開いた口から二本の舌がチロチロ動く。怜は凍り付き、息を止め、それから静かに後退した。殺してくれえぇ。女の顔の両側で蜘蛛《くも》の脚のように指が動いて、やがて腕が突き出した。ロレックスをした男の腕だ。西村の腕だった。

殺せぇえ……殺してくれえぇ……

その背後から別の腕も出る。今度はマニキュアをした女の腕だ。

こー、ろー、しー、て、くれえ……えぇえぇえ！

来る！ と感じて身構えたとき、どこからか『うわん、うわん』と、風のような羽音がした。見れば薄暗い空を蚊柱のようなものが飛んでくる。それは不安定に形を変えながら怜と化け物の間に湧き立つや、次の瞬間、真っ白な女の顔に春画本が張り付いた。

「走って、今よ！」

神鈴の声で踵を返し、ただひたすらに草地を走る。シャラシャラシャラ、シャラシャラシャラ、金網が激しく揺れて雷鳴が轟《とどろ》き、けたたましい笑い声があたりに響いた。

「こっち！ 早く、こっちだったら」

声はすれども姿は見えず、あたりは暗いし、右も左も草だけだ。道を逸れてしまわないよう、怜は金網に沿って走った。パーカーを失った体を草がひっかき、脚がもつれて頬が傷つく。ピシャーン！ とどこかに雷が落ち、臭い風が髪を掻き上げて、涙が溢れて視界が霞む。そのとき草むらから腕が出て怜を摑んだ。引きずられ、地面に倒され、尻を蹴《け》られる。四つん這いになって先へ進むとフェンスの穴が見えたので、頭からそこへダイブして、いつしか結界の外に逃げ延びていた。

あーはははは……と声がする。殺してーっ、殺してーっ、と女が鳴いた。

尻餅をつきながら後ずさったとき、神鈴が金網の外へ這い出してきたので、怜は立ち上がって彼女に手を貸した。

「もう、バカ！　お人好《ひとよ》し」

神鈴にいきなり怒鳴られた。黒雲は禁足地の真上に蟠《わだかま》り、風が渦巻いているが外は静かだ。怜はようやく息をした。肺にはまだ酷い臭いが充満していて、呼吸しないと内臓が腐ってしまいそうだった。

「……すみません」

謝ると、神鈴はポシェットの蓋をパチンと鳴らして、乱れた髪を掻き上げた。

「目玉は取れたの？」

怜はズボンのポケットに手を入れて、ビニール袋に入った眼球を見せた。急いでいたのでハンカチとスプーンも一緒に入っている。そして、「やべ」と自分に言った。

「札入れを忘れちゃった」

神鈴はやれやれと首をすくめた。いつの間にか草むらに警視正が現れて腕組みをする。

「死者に情けをかけたからだな」

パーカーなしの体に風は冷たく、怜は「ックシ！」とクシャミをした。

「お大事に」

と神鈴は笑い、「帰るわよ」と、踵を返した。

「浩二さんの札入れは……どうしたら……」

前を行く警視正が振り返り、白い歯を見せて怜に言った。

「我々はチームだ。誰かのミスは誰かがフォローすればよい。次は広目くんのお手並み拝見といこうじゃないか」

札入れを持ち帰れなかったことに関しては、その後、何も言われなかった。


警視正を連れて班の部屋に戻ると、扉が開くなり浩二が現れて、

「あれ持ってきてくれた？」

と怜に訊ねた。その嬉しそうな顔には罪悪感を覚えたが、

「悪い。目玉を回収するだけで精一杯だった」

見ると浩二はスーツに青いシャツではなく、怜のパーカーを身に着けていた。

「あれ？　それってぼくのパーカーですよね」

「そうだよ？　兄ちゃんが俺に着せたんだろ？　こんな安物は初めて着たけど、なんつーか、わりかし暖《あった》けえんだ」

心なしかニコニコしている。

「無駄話をしている場合か。眼球はどうした」

部屋の隅から広目が訊いた。給湯室から土門が出てきて、

「みなさんお疲れ様でした」

鼻をつまんで会議用テーブルに三人分のお茶を並べた。

「先に手を洗ってくださいよ？　あと、臭いが酷いのでお茶を飲んだらシャワーを浴びてきてくださいね。安田くん、私物のパーカーは弁償できませんのであしからず」

神鈴はポシェットを提《さ》げたまま、先に手を洗いに行った。

「取ってきたものを早く出せ」

広目に急かされて、ズボンのポケットからビニール袋を出す。

「おー、俺のじゃん。たしかに俺の目玉だよ。スゲーな、おい」

なぜか喜ぶ浩二を見ながら、幽霊の心理は理解不能だと怜は思った。

「新人、早くしろ。俺を待たせるな」

広目は自分のデスクに載せている空のボウルを手で叩いている。そこに眼球を出せというのだ。気持ちが悪いので直接目玉に触れないように気をつけながら、怜は眼球をボウルに落とした。シュールな絵面にも広目は顔色ひとつ変えない。ボウルを引き寄せてペットボトルの封を切り、透明な液体をボウルに注いだ。

「長髪ちゃんはなにやってんだ？　そうか、目玉を洗うのか、ふむふむ」

広目の背中にへばり付いてその肩に顎を載せ、浩二は手先を覗き込む。

広目は忌々しげに唇を歪め、

「どけ、鬱陶しい」

と、舌打ちをした。パチン。小さな音に振り向くと、神鈴がポシェットの蓋を鳴らしている。土門が淹《い》れてくれたお茶を飲みながら、訳知り顔でこちらを見ていた。

眼球をきれいに洗ってしまうと、広目はそれをトレーに載せた。白い布で手を拭きながら、顔を上げて両目を開けて、初めて正面から怜の顔を見た。

「……う、ええ……?」

その異様さゆえに、怜は思わず変な声を出す。

いや、顔そのものは整っているのだ。瓜実顔《うりざねがお》でなめらかな肌に三日月形の眉、鼻筋が通って、薄い唇。しかし、作り物のようなその顔には、黒目がなかった。透明な玉が眼窩に収まり、眼球の奥行きが透けている。

広目は俯《うつむ》き加減になって瞼《まぶた》をこじ開け、コンタクトレンズを受けるようにして、手のひらに透明な目玉を落とした。水晶玉だ。

だから目を開けなかったのか。怜は言葉を失っていた。

両目から抜いた水晶を白布に取ってデスクに置くと、広目はトレーを引き寄せて、浩二の眼球を自分の眼窩に押し込んだ。

思わず顔をしかめたとき、パチンと神鈴のポシェットが鳴った。

広目は両方の目頭に指を当て、何度か瞼をさすってから、宙を仰いで目を瞬いた。濁《にご》りはじめた浩二の眼球はブルーグレーのカラコンのようだ。

「いったい……」

「シッ」

と、広目は片手をあげた。何かを見ているように眼球が動く。

目を閉じた顔しか知らないだけに、目を見開いた彼の顔には一種独特の凄みがあった。

美しいものは見たいけれども、美しすぎるものには畏怖を感じるというような、背徳感を
感じさせてくる。声も出せずに見ていると、広目は突然眉をひそめて、

「くそ、間違えた……」

言うなり眼球をポロリと落とした。左右を間違えて入れたらしい。再度眼球を入れ替え
て、今度は「ははあ」と頷いた。怜は土門に向かって声をひそめた。

(あれはなんです?)

よほど酷い臭いがするのか、土門は少し体を離して、

「死者が死ぬ直前に見たものを見ています」

と、教えてくれた。こんな事態が起こっているのに、神鈴はお茶を飲み終えて、

「シャワー浴びてきます」

と、出ていった。黒いポシェットも持っていく。

「広目くんは霊視能力者だと言いませんでしたっけね?」

「霊視って、普通は写真や遺品に触れて見るものじゃ」

土門は笑った。

「そういう人もいるようですが、広目くんのはもっと直接的で――」

広目は突然天井を向いた。浩二の眼球を装着してから、瞬きもせずに何かを見ている。顔の向きと首の動きは、死に際の浩二と同じなのかもしれない。

「――残像といいますか、記憶が脳に焼き付くように、視覚が捉《とら》えた光景は眼球に焼き付くらしいのですよ。それが衝撃的であればあるほど、ハッキリ見えるようですね」

「というか、もともとの彼の目は……？」

怜はようやく気がついた。今の今までわからなかった。白杖を持つわけでなく、触れようと手探りをするわけでもなくて、普通に歩き、普通に座り、普通以上に皮肉を言う。

「広目さんは盲目なんですね」

土門は笑った。

「視力で言うならそうですね。生まれつき眼球がないそうですから」

「俺は古事記の水蛭子《ひるこ》と同じ『不具の子』だ。広目家には百年に一度の割合で俺のような子供が生まれ、『広目天《こうもくてん》』として育てられる。広目天は『不格好な目をした者』で『千里眼』の能力を持ち、戦う運命を背負っている」

そう言うと、広目は怜にニヤリと笑った。また眼球を外して手に取ると、ボウルに戻して席を立つ。ペットボトルをひとつ持ち、洗面所のほうへ歩いていった。

「警察としては重宝な能力です。たとえば殺人事件の被害者から眼球を抜いて広目くんに渡せば、犯人の顔が見えるのですから」

「まさか、そうやって捜査をしてるんですか」

驚いて訊くと、「いいえ」と、土門は笑って答えた。

「そうは言っても、犯人の顔が見えるのは広目くんだけなので、面通しできるわけではありませんからね。犯人の特徴は語れますけど、彼の視覚と他者の視覚を繋ぐ方法がないですし、死体の眼球を装着するのもリスクがあります。今回は冬で、まだ新しかったのでいいですが、死者の眼球を使った場合は、真水で眼窩を洗わないと眼底が腐ってしまうそうですよ。浄化作用を持つ水晶を入れているのもそのためですね」

怜はただ溜息を吐いた。

「さあ。安田くんは手を洗ってきてください。手袋で細菌は防げても、障りがついていますから。洗面所に真水と塩と酒があるので」

怜が洗面所に行くと、離れた場所で広目が眼窩を洗っていた。長い髪が邪魔になるので後ろでひとつに束《たば》ねている。

「ようよう、何が見えたんだよぅ」

と、背後で浩二がしつこく騒ぐ。

「浩二さん。いい加減にしないと、ぼくも塩を投げますよ」

広目のために怜が言うと、浩二はたちまちどこかへ消えた。

一心に眼窩を洗う広目を見ながら、生きるのが辛いのは自分だけじゃなかったんだと怜は思った。


手を洗ったらお茶を飲む。そしてシャワーを浴びに行く。それが現場から戻ったミカヅチ班の一連の流れのようだった。冷めかけたお茶を飲み干していると、広目がデスクに戻ってきた。目に水晶を入れてから、ボウルとトレーを片付けに行き、浩二の眼球は土門がビニール袋ごと廃棄した。スプーンだけを怜に渡して、

「安田くん。スプーンはきれいに洗ってくださいよ」

と、ニッコリ笑った。赤いテープが巻かれていたのは、普通のスプーンと区別するためだ。死体の眼球を取りにいくのはミカヅチ班の日常らしい。それに気付いてげんなりとする。シャワー室から神鈴が戻り、すぐパソコンを立ち上げて、撮ってきた画像の処理を始める。土門は神鈴のそばへ行き、モニターを見ながらこう訊いた。

「赤バッジに連絡したんですって?」

「はい。警視正に言われて連絡しました。現場の監視カメラが壊れていたんです。誰かが発砲したみたいで」

「銃を携帯していると気が大きくなりがちで、ああいうモノにも効果があると思ってしま

う。君子危うきに近寄らずという言葉を知らなかったのですね」

「そうですね」

神鈴は写真データをパソコンに移動しようとしている。気になって怜が近づくと、

「安田くんはシャワー浴びてきて。臭いから」

と、一蹴《いっしゅう》された。

自分だって臭かったくせにと思いつつ、シャワールームへ向かった。臭いもそうだが、眼球を刳り抜いたときの感触が手にへばり付いていて、細胞レベルで全身を洗ってしまいたかった。

ミカヅチ班の設備は本庁のどこからも独立していて、シャワールームも室内にある。給湯室の奥へ入っていくと、五つ並んだブースのひとつにまだ湯気が残って、神鈴のシャンプーの匂《にお》いがした。服を脱いで最奥のブースに入り、石鹸《せっけん》だけでなく塩も使って全身を洗う。モサモサの髪はさすがに切らなきゃと思いながら、上辺だけさっぱりして部屋に戻ると、幽霊の浩二を含む全員が神鈴のパソコンを眺めていた。眼球のない広目も警視正の隣にいて、何事か相談している最中だった。

「やはりマズいと思います。相手が相手なので早いほうがいいでしょう」

「三婆ズの都合はどうかしら？」

「リウさんは広目くんの髪を触らせてもらって上機嫌だったので問題はありません。よく

我慢しましたねえ」

「春画の礼だ。仕方あるまい」

見れば全員の後ろに見知らぬ男がいて、一緒にモニターを覗いている。三十がらみで、ベリーショートの髪をして、スーツのポケットに両手を突っ込み、片足に体重をかけている。誰だろうと見ていると、不意に振り向いて怜を睨んだ。その目が一瞬赤く見え、関東皇帝組の若頭西村にガンを飛ばされたときの数倍肝が冷えた。眉毛がないので余計に凄みを感じるのかもしれない。

「ははあ……こいつか、新人は」

と、男が呟く。その甘いテノールには聞き覚えがあった。

「捜査一課の極意京介さんですね」

怜が訊くと、「けっ」と嗤って、「よろしくな」と、そっぽを向いた。班での通称は赤バッジ。神鈴が『時々自分をコントロールできなくなるのよ』と言っていた男だ。

怜はそっと最後尾に立つと、仲間ではなく幽霊に訊いた。

(何をしてるんですか)

「何って、オメエらが撮影してきた現場写真を見ようとしてんだよ。セキュリティなんちゃらで画を出すまでが大変らしいや。笑っちまうよな」

「あなたの仲間が監視カメラを撃つからじゃない。発砲したって無駄なのに」

神鈴が浩二を睨んで言った。

「おー、怖《こわ》っ」

幽霊が背中に隠れると、広目は厭そうに片方の眉を上げて唇を歪めた。

「早くしろ『虫使い』。俺はそろそろ我慢の限界にきているぞ」

虫使いってなんだろう。そう思っていると神鈴が応えた。

「わかってるわよ。文句があるなら上層部に交渉してシステムを改善してもらってよ」

「断る。俺は外部委託者だからな、その権限はない」

広目と神鈴が言い合いをしている間にも、ダウンロードバーが満ちていく。

「オッケー、出すわよ」

と、神鈴が言ったときだった。広目は見えない目を幽霊に向けてニヤリと笑い、

「おまえに必要だったのは札入れの中の金じゃなく、そこに入った写……」

「ぎゃあ、わかった。わかったから黙れ」

幽霊は慌てて広目の口を塞ごうとしたが、その手は後頭部へ突き抜けた。

モニターを覗き込んで赤バッジが唸る。

「う……こりゃ酷え……」

怜も興味を惹かれてモニターを見た。現場では死体を探すのに必死だったから、草と金網とキントラの死体と、浩二と化け物の顔しか見ていない。

そこには目を背けたくなるような惨状が映し出されていた。

曇天の下、アッケシソウは色が沈んで鉄錆《てつさび》のように見え、窪地に散った鮮血の赤さだけが目を射るようで、放射状に引きずり出された血痕《けっこん》の中央に無残な体が落ちていた。拳銃を握っていたのかもしれないが、腕ごとなくなってしまった今は拳銃だけが窪地にあって、死者の表情は首が真後ろを向いているためわからなかった。別の画像にはピンクのコートもあって、カールした赤毛がなびいていた。

「被害者の数は?」

と、赤バッジが訊く。

「コートの女性は数日前に死んだみたいよ。腐敗網が出かかっていたから。四代目と一緒にやられた男も一人いて、だから新しいのは三人ね。まだ血が乾いてなかったわ」

可愛い顔で淡々と言う。

怜が眼球を回収している間に、神鈴は草地の写真を撮り終えていたのだ。

「全員男か」

「そう。全員」

それを聞くと、赤バッジはどこかへ電話をかけた。

「極意だが、男三人、全身で頼む」

「それと幽霊の分ですね。手足はなくてかまいませんから」

横から土門が言い足すと、

「別にもう一人必要だ。男で頼む。手足はいらない。あ？　ああわかったよ。ったく」

赤バッジは電話を切って、

「間に合うそうです」

と土門に答えた。

モニターには容赦なく惨状が映し出される。一人は着ていたものがはだけてしまい、首筋のタトゥーが剝き出しだった。

「あー……パシリのチュウもやられちゃったか、ま、あいつはトロかったからな」

浩二は尻のあたりを掻いている。

「他人事《ひとごと》みたいな言い草ね。この人たちは、あんたの死骸を回収に来てやられたのよ」

プリプリしながら神鈴が画像を移動していくと、アッケシソウの上に落ちたサングラスの画像が出た。浩二が首を伸ばしてモニターを見る。

窪地は人に踏み荒らされて、ヤクザが逃げ惑った痕跡《こんせき》がある。巨大な蛇やムカデが這った跡はなく、被害者の逃げ惑った跡だけが血痕と共に残されている。もう幽霊なのに、浩二は蒼白になっていた。全身が震えて、通信障害のノイズのように姿が乱れる。サングラスはたぶん西村のものだ。窪地に長く血の筋が伸び、その先にひとつの骸《むくろ》が見える。

神鈴が別の画像を出すと、そこにはズダ袋のように転がった西村の、変わり果てた姿が

あった。剝き出しの顔に恐怖が貼り付き、見開いた目がカメラを睨む。そのとたん、

「ギャアアアアーッ！」

と、浩二が叫んだ。ダウンライトがひとつ破裂して、ガラスの欠片が降ってくる。

「うああーっ、西村、うあああああっ！」

「まだ間に合うぞ――」

静かな声で広目が言った。

「――責任感が強い任俠《にんきょう》の男だ。彼岸へ渡らずおまえを探しているだろう」

浩二はハッと広目を見ると、瞬間、全身から光を発した。

目もくらむほどの白い光にすべてが霞み、次に光は収縮し、たちまち白い玉と化して中空に飛び、旋回したのち、どこかへ消えた。

「え。なに？」

まぶしさに顔を覆って怜が訊くと、

「成仏したのさ」

と、広目が答えた。長い髪を振りさばき、コキコキと首を鳴らしながら言う。

「あいつの眼球に焼き付いていたのはバケモノではなく、サングラスをした強面の男だ。死ぬ直前まで眼球は、そいつの姿を追いかけていた。新入りに札入れを拾ってこいと頼んだ理由も、札入れの中にそいつの写真を忍ばせていたからだ。もしも死体と一緒に回収さ

れて、父親や、本人や、組の連中がそれを見たらと考えるだけでいたたまれなかったことだろう。それがあいつの心残りだ」

「衆道だったの？　菊花の約《ちぎり》？」

と、神鈴が呟き、

「タマを預け合う義兄弟だろ」

と、赤バッジが言った。

いいや、たぶん片想《かたおも》いだ。と、怜は思う。西村が自分に絡むと浩二が噛みついてきた。あれは嫉妬《しっと》だったんだ。酔っ払って、女を連れて、禁足地に踏み入ったとき、浩二の潜在意識は姦姦蛇螺に苦しみを破壊してほしいと望んでいたのかもしれない。

「……あいつ、浩二さんの幽霊は、若頭と一緒にあの世へ行けるんですかね」

怜が訊くと、広目は至極真面目な顔をした。

「想《おも》いが成就するかどうかは、俺の与《あずか》り知らぬところだよ」

誰かのスマホがけたたましく鳴り、赤バッジが胸を押さえた。受信してふたこと三言会話をすると、警視正のデスクに向かって姿勢を正す。

「金網と監視カメラの補修は間もなく完了するそうです。ほかの準備も整いそうです」

警視正は立ち上がり、

「よろしい。では出動だ」

と、全員に告げた。

神鈴が黒いポシェットを取り、土門はくたびれた上着を掴んだ。広目は自分のデスクへ戻り、「行くぞ」と、赤バッジが囁いたとき、怜はためらうことなく警視正の髑髏が入った巾着を胸に抱えて彼らを追った。

其の五　警視庁異能処理班ミカヅチ

すでに日は暮れかかっている。

広目以外の全員が部屋を出たとき、怜はミカヅチ班の特殊な事情が理解できたように思った。再び現場へ向かうのは姦姦蛇螺を退治しに行くからだ。保険料を支給すると言われた理由はこれだったんだ。警視庁に化け物専門の捜査班があるなんて、考えたことすらなかったし、もちろん知りもしなかった。ミカヅチ班の活動内容は機密事項で極秘と言うけど、内容がバレたとしても誰が信じてくれるだろうか。

警視庁本部の地下二階で荷物用エレベーターを降りると、

「では後ほど」

と、土門は言って、どこかに消えた。

「安田くんはこっちよ」

神鈴に呼ばれて、赤バッジと共に地下駐車場へと向かう。

「極意さん、どうします？　『葵千人《あおい》』にする？　『松姫もなか』？」

軽自動車を開けて神鈴が訊くと、

「ルート的には『都まんじゅう』だな」

赤バッジは言った。神鈴からキーを受け取って運転席に乗り、神鈴は助手席に乗り込んだ。怜も後部座席のドアを開け、ザックを下ろして先に載せると、警視正の幽霊が姿勢正しく後部座席に現れた。シートベルトも締めないうちに赤バッジは車を発進させて、神鈴に劣らぬ乱暴な運転で駐車場を出た。警備員に門を開けてもらって道路に出ると、神鈴が後部座席を振り返って二千円を渡してきた。

「はいこれ。都まんじゅうの十個入りを三つね」

「なんですか」

「店の前で止まるから、走っていって買ってこい。領収証を忘れるな」

バックミラーで赤バッジの目が動く。視線が合うたびケンカを売られているのかと思う。警視正は背筋を伸ばして前を向き、両目を瞑《つぶ》ってじっとしていた。

「土門さんは一緒に行かないんですね」

「後から来るよ」

と、赤バッジが言う。

「色々準備しなきゃならないからよ」

そう言う神鈴は膝にポシェットを置いている。車内の空気が重いので、敢《あ》えて話題を変えてみた。

「神鈴さんは、そのポシェットがお気に入りなんですね」

「ああ、これ？」

と神鈴が言ったとき、車は急ハンドルで車線を変えて脇道に突っ込んだ。夕方で幹線道路が混んでいたらしい。体が振られてまた戻る。慣れているのか神鈴も警視正も平気な顔だが、怜は思わずシートベルトを握った。

「ガキっぽい袋ばっかり選びやがって。いい加減に歳を考えろ」

と、赤バッジが神鈴に言った。

「どんなデザインのバッグを買おうと勝手でしょ」

「……ていうか、それ、誰かの形見とかじゃなかったんですか」

怜が言うと、神鈴はバックミラーを見上げて訊いた。

「形見、なんでよ？」

「なんていうか、キャラクターが……てっきり、子供のころ大切な人に買ってもらった品なのかなと」

赤バッジが「ぎゃはは」と笑い、神鈴は少しだけ赤くなった。

「子供っぽくって悪かったわね。渋《しぶ》い黒色を選んだじゃないの」

「絶対離さず持ち歩いているから、よっぽど大切な……」

「当たり前でしょ」

と、神鈴は振り返り、運転席と助手席の隙間にポシェットを突き出して振った。

「よーく覚えておきなさい。私は松平家の『虫使い』よ」

警視正が「くっく」と笑う。

「普通の警察官だった私も今や『幽霊』だしな」

ポシェットを胸に抱えて神鈴は言った。

「これには『虫』が入っているのよ」

「虫ってなんですか」

怜は思わず眉根を寄せた。

「あー、ほら。本物の虫と思ってるんでしょ？　でも、そういうのとは全然違うから」

神鈴はまた前を向き、ミラーの中から怜を見つめた。

「説明が面倒くさいのよ……でも、まあ……簡単に言うと、『腹の虫が鳴く』とか『疳《かん》の虫』とか、そういう『虫』で、昆虫じゃないわ。それをこの中に貯《た》めてるの」

ますますわからなくなって、

「そんな小さなポシェットに、ですか」

と訊いた。

「馬鹿め。虫をなんだと思っていやがる」

「まだ何とも思えてないです」

神鈴はポシェットの蓋をパチンと鳴らした。

「それ。ミカヅチ班に来てから、時々音が聞こえていました」

「ポシェットに虫を集める音ね。安田くんと極意さんがイラッとしたから虫を捕ったの」

「こいつはそういうのを集めておいて、人に憑けたり、操ったりするんだよ」

「人聞きの悪い言い方しないで。使い方次第で役立つし、虫は化け物にも直接作用できるんだから」

「作用できるというだけで、たいした攻撃にはならないけどな」

パチンとポシェットがまた鳴った。自分の虫を捕獲したのだ。

「もしかして、姦姦蛇螺に春画を飛ばしてきたのはその虫ですか？」

春画が飛んできたときの蚊柱を思い出して訊くと、神鈴は「そうよ」と頷いた。

「本のような形状の物は、投げてもうまく飛ばないでしょ？　でも虫を憑ければ飛んでいくのよ。土門班長が式神を飛ばすのとちょっと似ている。発源は違うんだけどね」

「安田くんも徐々にわかっていくさ」

と、警視正が言った。

車は進み、八王子駅近くの道沿いに来たところで、赤バッジは路肩に停車した。脇に赤い看板を出した店があり、そこへ饅頭を買いに行けと言う。十個入りを三つとお願いすると、商品は即座に出てきた。十個入り、二十個入りというように、予《あらかじ》め包んだものが売られているのだ。包みを抱えて車に戻ると、ドアを閉じるか閉じないうちに、車は再び発進した。

「領収証は？」

「もらってきました。でも、これをどうするんですか？」

姦姦蛇螺を引き寄せるのに使うのかと思って訊いた。

街のあちこちに照明が点き、帰宅する人の姿が見える。刑場跡地は昼に行っても危険なのに、なぜわざわざ暗くなってから向かうのだろう。

「後ろの席に置いといて。使うのは後だから」

「あの……暗くなってきましたが」

「目が付いてんだ。見りゃわかる」

「夜は霊気が濃くなるじゃないですか、なのにどうして夜に行くんです？」

「仕方ねえだろ。現場にヤクザの車が置きっぱなしになってるからだよ。早くしねえと仲間が様子を見に来るだろうが」

「そうか……次の犠牲者を出さないためなんですね」

独り言《ひとごと》のように呟くと、

「わかってねえな」

赤バッジは心から呆れたというように舌打ちをした。神鈴までもが苦笑している。

「もしかして、安田くんはアレを退治しに行くとか思ってる？」

神鈴が訊いた。

「違うんですか？」

「ふん。退治できると思ってんのか。頼もしいなあ、おい」

いちいち癇《かん》に障る言い方をするヤツだ。怜はミラー越しに赤バッジを睨み、「違うんですか」と、もう一度訊いた。

「あ、それか、様子を見に来るヤクザの仲間を捕まえる？　禁足地の不法侵入で……」

それも変だなと怜は思った。赤バッジの話によれば金網や監視カメラは補修が終わるということだから。

夜になり、警視正の姿は実像のようにハッキリしてきた。同じことが姦姦蛇螺にも起きるだろう。草地で見た女の顔を思い出し、怜は鳥肌が立ってきた。三日月形に開けた口、表情のない目とあの鳴き声……あんなものを夜に見たなら、金縛りに遭って動けないかもしれない。

警視正が静かに言った。

「安田くん。ミカヅチ班の仕事は魔物退治ではないのだよ。そもそも、ああいうものは退治できない。きみも霊能力があるならわかるだろう？　私自身は自分がこうなって初めてわかったが、世の中の半分以上はああいうものでできている。不審死は日常的に起こるし、化け物なんかどこにでもいる。わずかな人数の我々で太刀打ちできる相手ではない」

「じゃあ、何をしに行くんです？」

「処理に行くに決まってんだろうが」

「処理って、遺体の回収ですか」

「ぶぁ〜か！」

と、赤バッジは吐き捨てた。

「ミカヅチが、なんで、異能処理班を、名乗ってると思うんだ。せっかく金網を修理したのに、死体を回収するのにまた中へ入るってか。んなわけねえだろ」

「痕跡を消しに行くだけよ」

「痕跡を消すって……なんですか」

警視正の首がグルリと向いた。体とくっついていないので動きに不自然さがあって、見るたび背筋がサワサワとする。警視正は咳払いをして、怜の瞳を覗き込んできた。

「そろそろ教えておくがね。我々の仕事は怪異の痕跡を消すことだ。怪奇現象、心霊スポット、ＵＭＡ、怨霊、悪魔に妖怪……怪異は勝手に事件を起こす。ただし、それを一般人に知られてはならんのだ。そもそも怪異を信じない者たちに現象を正しく理解することはできない。また、万が一信じる者がいて、悪用されても困るのでね」

「私たちは何代にも亘って秘密を守ってきたというわけなのよ」

「警視庁本部の土地に根元が眠っておるのだよ。二棟の建物が奇妙な形状をしているのにはわけがある。二つの建物は上空から見ると梵字《ぼんじ》を模《も》していてね。形状自体が『呪』になっているのだ。それを知る者はほとんどいないがね」

「梵字は『サ』、聖観音《しょうかんのん》を表している。正法明如来《しょうほうみょうにょらい》から人に近い菩薩《ぼさつ》に下りて、餓鬼道を化益《けやく》する大慈の存在だ」

甘いテノールで赤バッジが言った。

「大昔から、責任の所在は移行しても秘密は守り通されている。現在は警察庁が任務を負っているのだが、新しい知識では対応できず、土門くんや神鈴くんのような『護《まも》り師』の末裔が関わっている。我々ミカヅチ班の仕事は、怪異の痕跡を消し去って、普通の人間が起こした普通の事件に偽装しておくことだ。このことはもちろん警察組織にも知られてはならない。世間全般から真実を隠蔽《いんぺい》し、オカルトは胡散臭《うさんくさ》いものだとしておくことが我々の使命だ」

「…………」

何か言おうと思ったが、怜は言葉が出なかった。そもそも怪異を信じない者たちに現象を正しく理解することはできない。それは怜が一番よく知っていて、しかも悩みのタネだった。そうした世界を知る者は、ほとんど存在しないと思っていた。翻って自分を見れば、それはただ『見えるだけの世界』であり、それ以上のものではなかった。それが、なに？　警視庁本部の地下に怪異の根元があり、ミカヅチがそれを守っている？

「真実を知られちゃダメなのよ。私たちの任務も、存在も、建物のかたちの意味も」

「セキュリティの話は？　聞いたんだろうな」と、赤バッジが言う。

「極秘事項を漏らしたら、死んでもらうって話ですよね」

「下手な冗談とでも思っていたのか」

「そういうわけじゃないですが」

こんな話をにわかに信じる人などいない。怜は口の中だけでゴニョゴニョ言った。

車は山道を走っている。ようやくすれ違える程度の細道は、両側から藪が茂ってさらに狭くなっている。街灯もなく、森は黒々として、その上に薄青い空が広がっている。路面がガタガタしてきたので現場は近い。

「おい」

赤バッジがサイドミラーを見て言った。

「禁足地はカーナビに載せてないよな？」

「どこの地図にも載せていないわ」

サイドミラーがチカリと光る。後ろから車が上がってくるのだ。まだ距離は遠い。

「土門くんたちではないのかね」

「それだと来るのが早すぎます」

「まさかヤクザの車とか」

怜が言うと、

「俺もそう思う」

と、赤バッジは言って、

「入口はわかりやすいか?」

と怜に訊いた。

「道沿いの木が目印ですが、こんなに暗いと、見えるかなあ」

「この道はどこまで続くんだ?」

特殊カーナビを操作して、神鈴が言った。

「一本道がかなり奥まで続いているわ。頂上から少し下がったところで分岐になるけど、そっちへ迷い込んでしまったら、山際をぐるっと回って行き止まりになる。車を切り返すスペースはないから、バックで戻らなきゃならないわ」

「オッケー」

言うなり赤バッジはライトを消すと、急ハンドルを切って脇の草地へ突っ込んだ。

車体が沈んで地面に当たり、怜は舌を嚙みそうになる。車はそのまま草地を進み、ドンと止まって、静かになった。

「いったい……」「シッ」

数分後。車のライトが近づいてきて、怜たちの車を追い越し、先へ向かった。

「うまく道に迷うと思うか？」

「わかったわよ」

神鈴は静かにドアを開け、ドアの隙間からポシェットを出して蓋を開けた。『わぉん、わぉん』と、あわ粒が水を吸い込むような羽音を立てて、何かが暗がりを舞っていく。わぉん……わぉん……耳を澄ますとその音は、『どこかのぅ……どこかのぅ』と、道に迷う者の声にも聞こえた。パチン、と音がしてポシェットが閉まる。

「今のが『虫』ですか？」

怜が訊くと、神鈴の頭が小さく動いた。

「虫が道に迷わせるってことですか」

「そこまでの力はないの。だけど、道に迷うんじゃないかと思っている人をさらに不安にさせることで、本当に迷わせることはできるのよ。安田くんは経験ない？　失敗しそうだなと思っていると、本当に失敗しちゃうとか」

「あります」

「不機嫌な人に接していると自分も不機嫌になってくるとか、怒ってばっかりいる人を見ると腹が立つとか、イタイ人を見ると惨めになるとか、あるでしょう？　それが『虫』よ。松平家は虫使い。人も化け物もある程度までなら高揚《こうよう》させたり凹ませたりできるの」

「よし、行くか」

と、赤バッジは言って車を降りた。後部座席の窓を叩いて、おまえも降りろと怜に言う。ドアが草に押し返されるような場所で神鈴も助手席を降り、赤バッジの代わりに運転席に座った。車の前方へ誘われたので何をするかと思ったら、ボンネットに手を置いて、

「ボーッとしてんじゃねえ、押せ、押せ」

後先考えずに道を外れた軽自動車を、道路へ押し戻せと言うのだった。

真冬に汗を掻きながら車体を押し上げ、怜らは再び車に乗って、禁足地へつながる脇道へ入った。


西村たちの高級車が、まだ同じ状態で残されていた。

近くに車を止めると赤バッジは早速助手席を降り、警視正を連れてこいとリアクションした。怜もザックを背負って車を降りる。

高級車の後ろには不穏なベニヤ板の立て札があり、立ち入り禁止の看板や、三メートル以上もあろうかという金網フェンスもそのままだったが、スマホのライトで照らしてみる

と、支柱からぶら下がっていた監視カメラは新品に替わり、浩二や西村たちが穴を空けた金網も、その部分が丸ごと張り替えられていた。

結界の中は手つかずのようで、ときおり風に死臭を感じる。災害時でも、人は人の体を探す。それがたとえヤクザでも、死に顔を見ずして息子の死を受け入れることなどできないのだろう。

考えていると赤バッジは白い手袋をはめ、開けっぱなしだったトランクを閉めて運転席のドアを開けた。ポケットから黒い箱を出し、操作をするとエンジンが掛かった。キーレス車用の違法エンジンスターターだ。

「いけるな」

声は甘いのに、室内灯に照らし出される顔はヤクザ顔負けの邪悪さだ。しばらくすると下方から、またも車のライトが近づいてきた。光の位置からしてワゴン車のようだ。

「来たわよ」

と神鈴が囁く。西村の高級車とミカヅチの軽自動車に続いて脇道へ乗り入れてきたのは、清掃会社の社名を冠したワゴン車だった。運転席から土門が降りて、後部のスライドドアを開けると、ヘッドライトを装着した三婆ズが清掃作業員のなりで降りてきた。

ひとことも発することなくハッチを開けて荷物を下ろす。土門も素早く後ろへ回り、荷台をライトで照らして手伝う。片や神鈴と赤バッジは高級車のドアをすべて開け放った。

「何が始まるんですか」

警視正に訊くと、

「隠蔽工作」

と、短く答えた。

すべての荷物を下ろし終えると、三婆ズはそれを高級車の脇まで運んだ。ミカヅチ班の部屋で団子を食べていたときとはまったく違う表情をしている。ヘアキャップを被って手袋をはめ、マスクで口を覆っているが、眼差しは鋭く、動きは機敏だ。草むらに下ろしたのはビニール容器に入った液体と、大きな布袋が四つ。掃除道具を入れた腰袋はそれぞれが身に着けている。土門が寄ってきて囁いた。

「本道で少し待ち、リウさんたちを乗せて先に出ます。どこでやりますか?」

「入口の木が目印になっているので、そこで」

と、神鈴が答える。

「いいアイデアです」

と、土門は頷き、怜を見た。

「安田くん、あれはどこです?」

何のことかと戸惑っていると、警視正が、

「菓子だよ、和菓子」

と、教えてくれた。

「後部座席に置いています」

「預かりましょう。なんですか？」

「都まんじゅうです。十個ずつ三梱包《こんぽう》にしています」

横から神鈴がそう答え、後部座席から饅頭を出している間に怜はわかった。これは三婆ズへの手土産だ。菓子を渡すと、

「では」

と、土門はニッコリ笑い、包みを抱えてワゴン車へ戻っていった。

高級車の脇では、赤バッジと三婆ズがヘッドライトの明かりで作業をしている。

「どれが手足ナシだ？」

赤バッジが草むらに置かれた布袋を指して訊く。

「よく見りゃ一袋だけ色が違うだろ」

そんなこともわからないのかという声で、小宮山さんが色の違う袋を赤バッジのほうへずらしてよこす。彼女とリウさんはともかく、千さんはドレッドヘアがヘッドキャップに収まりきらず、額から二センチばかり浮いていた。二人の脇でリウさんが、テキパキと袋を開けていく。暗闇で額にヘッドライトを灯《とも》し、皺だらけの婆さんたちが作業する姿は鬼気迫るものがある。袋の中から現れたのは人骨で、ジャンパーやチェーンの飾りなど、身

に着けるものまで入っていた。スーツ、サングラス、ネクタイにロレックスの腕時計。怜はようやく気がついた。人骨は、西村や浩二の身代わりなのだ。

「ロレックスなんてよく手に入ったな」

手足のない骸骨を後部座席に並べながら赤バッジが言う。骸骨の上に青いシャツとピンクのネクタイを載せてから、庫内に敷かれていたブルーシートで丁寧に包んだ。

「これか？　悪い警官が証拠品保管庫からちょろまかしていたやつだ」

と、小宮山さんが言う。

「お掃除ババアを舐《な》めているからいい気味だ」

「なくなったからって騒ぐわけにはいかないものねえ」

リウさんが作業しながら「ほ、ほ」と笑う。広げた洋服に背骨とあばら骨を並べて包んで、高級車の助手席へ運んでいくと、服の上からシートベルトを締めてズボンの中に骨盤を置き、シャツの裾をたくし入れて脚の骨をさしこんで靴を履かせた。ロレックスは骸骨の腕に、頭蓋骨は助手席と運転席の間に載せる。後部座席にも骸骨を運び、座席に寝かせるかたちで服に包んだ。運転席にはおざなりなかたちで骨が撒《ま》かれた。

「服まで用意してきたんですか？　誰が何を着ているか、どうしてわかったんです」

怜が訊くと、小宮山さんが低い声で、

「オービスの画像だな。色や服も大事だけどさ、もっと大切なのは生地の種類だ。燃え残ることは先《ま》ずないけども、骨に付着した成分を調べられるようなことがあったら困るだろ、念には念を入れておかんじゃ」

「不審な点さえなければ、そこまで調べないけどね」

「あら、手抜きはダメよ？　お仕事は、いつ如何《いか》なるときも丁寧でなくっちゃ」

話しながらも、白骨や服を入れてきた袋が草地から回収されていく。

体の大きい千さんがそれらを抱えて一足早くワゴンへ戻ると、

「神鈴ちゃん、車が邪魔だわ」

と、リウさんが言って、神鈴が軽自動車に乗り込んだ。

「下の別れ道まで戻っていますね」

窓を開けて赤バッジに言う。下の別れ道は一キロ近くも離れている。

「ならば警視正もお連れしてくれ。何かあるとマズいからな」

そう言って赤バッジが振り向いたので、怜はザックを肩から外した。警視正は闇に立ち、

「では後ほど」

と片手を上げて、ザックと共に軽自動車の助手席に乗った。

神鈴の車が立ち去ると、小宮山さんは液体が入った容器を赤バッジに渡し、リウさんはのけぞるようにして腰を伸ばした。高級車の脇に立って赤バッジが言う。

「車を出すから後ろに乗るんだ。両手はポケットに入れておけ。絶対どこにも触るなよ」

指紋を残さないよう手袋をはめた小宮山さんが高級車のドアを開けてくれたので、怜は横たわる白骨の隣に乗り込んだ。脇道と本道が交わる場所まで車が動くと、リウさんと小宮山さんは脇道の地面に這いつくばって遺留物を確認し、素手で草を立て始めた。高級車以外の車が脇道に入った痕跡を消しているのだ。

このときになって気がついたのは、二人とも靴の下にプラスチックのかんじきを装着していることだった。脇道はボウボウだが、砂利が剝き出した場所もある。二人は小石を動かすことまでして赤バッジらの足跡を消している。婆さんとは思えないほど機敏な動きで、ものの三分程度で作業を終えた。

「驚くよな?」

サイドミラーで婆さんたちを見ながら赤バッジが言う。

「あの人たちは何者なんですか?」

「三婆ズは仲間うちの俗称だが、平たく言うなら掃除のプロだ。特殊清掃を超えた技術で、殺人の痕跡も、証拠も消す。言っておくが、広目の数倍怖いのが婆さんたちだぞ。決して敵に回すなよ」

赤バッジが皆まで言い終わらないうちに、リウさんと小宮山さんが戻ってきた。

高級車の脇を通るとき、二人は運転席に向かって親指を立て、土門班長が車を切り返したときの草も直してワゴン車に乗り込んだ。土門は婆さんたちを乗せ、来た道を静かに戻っていく。都まんじゅうを喜んでくれるといいけれど。

「よし、次は俺たちの番だ」

運転席から赤バッジが言う。後部座席を振り返り、怜に向かってハンカチを振る。

「この車は燃料タンクが後部座席の下にある。燃料をそこへ置くんだ」

見れば液体を入れた容器が骸骨の横に載っている。怜はポケットから手を出すと、赤バッジのハンカチで取っ手を包んで足下に置いた。

「車はあの木に激突させる。おまえは先に車を降りて、百メートル以上下まで逃げろ。爆発で部品が飛ぶから必ず百メートル以上進むんだ。もしも俺が失敗したら」

「極意さんはどうするんです」

「直前で転がり出るが……」

赤バッジは眉のない顔で睨んでから、

「万が一、打ち所が悪いとかしてすぐ立てなかった場合、あと、あいつらが予定より早く戻ってきた場合はフォローしてくれ」

「フォロー……って、どうやって」

「んなこたぁテメエで考えろ」

赤バッジはシートベルトを引っ張って洋服を着た骸骨にはめ、前を向いたまま、

「降りろ」

と、言った。

「三十秒しか待たねえからな。いち、に……」

ハンカチを使ってドアを開け、怜は降りて、駆け出した。そうは言うけど、こっちはヘッドライトもしていないのだ。どこもかしこも真っ暗で、森も見えなければ道も見えない。スニーカーが踏むアスファルトの感触だけを頼りに、転がるように悪路を駆けた。

ギャア、ギャア、と、アレが鳴く。

灰色の空からちらちらと雪が舞い落ちてくる。石に躓いて転びそうになり、振り向いた瞬間、山を下りてくる車のライトが遠くに見えた。マズい、連中が戻ってくるぞ。

そのときだった。ブァオー！　というエンジン音と、キュルキュルとタイヤの擦れる音がして、高級車のライトが灯り、車が動いた。そのまま巨木に突進していく。凄まじい衝撃音がして地面が揺れ、閃光《せんこう》が闇をつんざいて森も揺れ、爆発音がして火柱が立ち、炎に巨木と車が浮かび、紅色の煙が天空に噴《ふ》き上《あ》がって火の粉が舞った。

「は……」

怜は息を吸い、四つん這いの姿勢から立ち上がって、来た道を戻った。炎が周囲を明るく照らし、ガソリンの燃える臭いがして、草や、藪や、巨木が見えた。太い枝が裂けていて、炎は枯れ葉に燃え移り、周辺に燃え広がった。

山を下ってくる車のライトが、チカリ、チカリ、とスピードを上げる。

「極意さん！」

声をかけると、背後から抱かれて口を塞がれた。

「ばかやろう……でけえ声を出すんじゃねえ」

耳元で囁かれた甘いテノールに怖気《おぞけ》が走る。濃い硫黄の臭いがした。

「すみません」

口の中でモゴモゴ言うと、赤バッジは手を離し、

「振り向くなよ」

と、怜に言った。

振り向かずとも気配でわかる。赤バッジはいま人間じゃないのだ。ケダモノ臭と火山ガスが混じったような悪臭をさせて、きっとぼくに背中を向けている。恐怖がチリチリ肌を刺し、姦姦蛇螺の顔を見たときよりもおぞましかった。細胞レベルの恐怖が、振り向けば見えるはずのものを想像させる。一瞬だけ胸に回された黒い腕、口を押さえた手のひらも、あれは人間のものじゃなかった。

「来い、行くぞ」

怜から顔を背けたままで、赤バッジは腕を摑んだ。

そして突然走りはじめる。駆け出す姿もさっきと違う。背中の筋肉が盛り上がり、体は

二回りくらい大きくなった。暗くて細部はわからないけど、腕を摑まれた手に爪がある。指の長さも違う気がする。何よりも、あたりはこんなに暗いのに、走る速度をゆるめない。赤バッジは闇に目が利く獣のように大股《おおまた》で坂を下っていく。怜の脚がもつれると、グイと体を引き起こし、その後は抱きかかえられるようにして闇を下った。後ろで何度目かの爆発音がし、炎で空が染まっていて、路面に赤さが反射する。前方に長く延びている自分たちの影が真っ黒だ。

怜はその影のひとつに、山羊《やぎ》の長い角を見た気がした。

怜と赤バッジが懸命に闇を駆けているとき、土門は後部座席に三人の婆さんを乗せ、悠々と道を戻っていた。婆さんたちは消毒シートで手を拭くと、都まんじゅうの包みを開けて、食べている。千さんが水筒にお茶を入れていて、紙コップに注いだお茶をそれぞれに配ってから、運転席の土門にもくれた。

「まんじゅうもひとつあげるよ。土門さんも甘いものが好きだったよね？」

「申し訳ありませんねえ」

土門がお茶を受け取ると、

「官給のお茶じゃねえから美味しいよ」

小宮山さんはふっふと笑った。

「麦茶を煎茶《せんちゃ》と比べちゃ悪いわよぅ」

鶏ガラのように痩せたリウさんは、もう三つ目を食べている。

土門はもらったお茶を飲み、婆さんたちに訊ねた。

「どうですか？　うちの新人は」

「いいんでねえの」

と、小宮山さんが言い、

「天然パーマで可愛いじゃない。あたしほどではないけどさ」

と、千さんが答えた。絡み合った髪を両手で揉んで、

「そろそろ床屋に行かないじゃ」

と、呟いている。土門は再度、三人に訊ねた。

「そうではなく、ミカヅチの仕事が務《つと》まると思いますか？」

「だから、いいんでねえの」

「頭のでかい子に悪いのはいないしな」

「大きいのは頭じゃなくて髪の毛じゃないの。土門さんがお給料を出してあげれば、美容院に行ってイケメンになってくるわよ。わたくしの好みからすると細すぎだけど」

「ならリウさんが飯喰わせて太らせりゃいいじゃあねえか。あ、おれの漬物持ってきてやるかな。土門さん、どう？　今年の沢庵《たくあん》、まだちょっと早いけど、もう食べられるよ」

「それはありがたいですね」

と、土門は言って、もらったお茶を一気に飲んだ。婆さんたちは「いひひ」と笑い、

「冗談だってば。あの兄ちゃんは、いいと思うよ」

「そうよねえ。ちゃーんと、光る珠《たま》を持ってるし」

「男なら誰でも二つは持ってるわい」

「やぁねえ小宮山さん。そのタマじゃないわよぅ」

ひとしきり下品に笑ってから、リウさんは真顔になって言う。

「あの子はここに」

と、胸に手を置き、

「きれいな珠を持ってるわ。最初見たとき、すぐわかったわよ」

「そうですか?」

土門はミラーを見上げて訊いた。

「ああ、間違いねえ」

「まだ小さいけどね、光っていたよ。上手に育ててやらなきゃねえ、土門さん」

「それがなければミカヅチは無理よ。闇を進むには光がなくっちゃ」

「うまいこと言ったな。さすがリウさんだ」

「おだてたって何も出ないわよ」

婆さんたちの笑い声を聞きながら、

「そうですか……よかったよかった。よかったですよ。私の見る目もそこそこだったということでしょうか」

土門はひとり呟いて、都まんじゅうを口に運んだ。

優しい甘さの餡《あん》がホロホロこぼれて、喉を撫《な》でながら胃袋に落ちていく。車はようやく山道を抜け、街の明かりが見えてきた。中腹で上がった炎がバックミラーにときおり映り、やがて土門の車は出動していく消防車とすれ違った。

「ああ、ほれ、救急車が行くじゃあねえか」

「救急車でなく消防車よ」

「どっちだっていいよ。土門さん、帰ったらすぐ請求書を上げていいかい?」

「いいですが……お手柔らかにお願いしますよ」

土門は言って、まだやって来る消防車と反対側にハンドルを切った。

どれほど闇を駆けただろうか、ある場所まで来ると赤バッジは突然スピードを落とした。硫黄の臭いもどこかへ消えて、ようやく怜を解放した。その先に分岐があるらしく、前方にカーブミラーが立っている。路肩に神鈴の車が止まっているはずだ。

二人一緒に車へ戻ると、赤バッジは助手席に、怜は後部座席に素早く乗った。

「おつかれさま」

と神鈴は言って、発進した。来た道ではなく先へと向かう。

怜は警視正の髑髏が入ったナップザックが後部座席にあるのを確認して、ようやく深い溜息を吐いた。心臓がバクバク躍って、激しく喉が渇いていた。赤バッジの悪臭が鼻の奥に染みついて、しばらくは消えないだろう。

こうして車に戻ってみると、警視庁本部を出てからここまでに起きたことのすべてが、夢か幻のように思われた。自分は何に関与したのか。超常現象を実体験してきた自分でさえも、今の状況を信じることは難しい。彼らは遺体を回収しようとしなかった。そのままにして金網フェンスを塞ぎ、代わりの遺体を持ってきた。化け物を退治するわけでもなくて、自損事故として『本当にあったこと』を葬った。

「首尾はどうだったかね」

怜の隣で警視正が訊き、赤バッジは返答の代わりに親指を立てた。

「二人とも怪我はない？」

と、神鈴も訊いた。赤バッジに訊いたのか、自分にか、わからなかったけれど、

「大丈夫です」

と返事してから、怜は「ぼくは大丈夫です」と、付け足した。

バックミラー越しに見る赤バッジの顔はいつもの強面に戻っている。フロントガラスに

チラチラと舞うものがあり、爆破現場の灰だろうかと後部座席の窓を見ると、それはこの冬初めて降る雪が、次第に存在感を増しているのだった。

「新人としちゃ合格かな。俺のスピードについてきやがったし、ビビって動けねえってこともなかった」

「パーカーを脱いで死体に掛けてあげたことも、けっこうポイント高いと思うわ」

神鈴がアクセルを踏み込んで、怜の体は後ろへ倒れた。

「そんなに飛ばさなくても」

と、怜が言うと、

「なに呑気《のんき》なこと言ってんの」

神鈴はさらにスピードを上げた。車のライトに雪が舞い、細い山道が丸く浮かんだ。

「派手に火柱が立ったから、消防に通報が入ってんだよ」

アシストグリップを握って赤バッジが言う。振り向けば闇に赤々と燃える炎が夜空の一部を焼いている。夜間の火事は遠くからでもよく見えるのだ。

「今はそこら中にカメラがあるでしょ？　事前に道を調べておくのも大変よ」

「警察組織の一員ながら、身内に敵がいるというのはスリリングだからな」

警視正は笑っているが、怜はそんな気持ちにはなれない。伸びすぎた髪を早く切りたいと思っていたが、うっかりカメラに映ったときのため、このまま顔を隠し続けたほうがいいのではないか。それより何より、この人たちは無茶苦茶だ。一緒にいても大丈夫かな。

考えていると、赤バッジが振り返ってニヤリと笑った。

「第二試験も目出度《めでた》くクリアだ。よかったな、相棒」

「え」

と、怜は身を引いた。面接以外に第二試験があるなんて、土門からは聞いてない。

「今夜のは試験だったんですか？　え？　じゃ、まさか、あそこでヤクザが死んでいたのも仕込みですか」

「失敬なことを言うもんじゃない」

警視正の幽霊が怜を睨んだ。

「人の運命をどうこうなんて、そんな力は我々にはないし、もしもそれをするのであれば我々はミカヅチであり得ない。悪は悪に対峙できない。同じものだからね」

「第一試験は能力で、第二試験は資質を見るのよ。よかったわね、安田くん」

「まさか第三試験もあるってことですか」

「受験者に情報バラすか、ぶぁーか！」

と、赤バッジは吐き捨てて、狭い車内で脚を組む。

いつしか車は街に近づき、ガードレールの先に夜景が見えた。カンカンカンと鐘が聞こえて、回転灯を光らせた消防車が走っていく。

「今日のこと、結末はどうなるんです？」

　怜が訊くと、赤バッジが答えた。

「下ってきた車の連中が、事故と証言するだろうさ」

「証言しないまでも、妙なところへ死体を回収に行って、何かあったと思うでしょうね」

「何かとは？」

「姦姦蛇螺さ」

　と、赤バッジは答えた。

「姦姦蛇螺のせいで車が炎上したと思うだろう。そしてまたネットに怖い話が載るんだ。真偽は誰にもわからない。肝試しに行った男があそこで死んで、死体を回収に行った仲間も死んだ。燃え跡から人数分の骨が出て、しかも一人は手足がない。高温で焼き尽くされてDNAも検出できない。真実は藪の中……一件落着というわけだ」

「ヤクザ同士の抗争に発展するかもね。組の上層部がオカルト話を信じなければ」

　前方に幹線道路が見えてきた。そこにはビルが建ち並び、川岸にマンションの明かりが光る。かつての大和田刑場も、今は活気に溢れている。雪はいつしか止んでしまった。怜は後ろを振り返ったが、山の中腹にチラチラと赤い火が見えるだけだった。

　ミカヅチ班の仕事は化け物退治ではなく、化け物がしでかしたことの処理である。こうして現場に出てさえも、信じられない気持ちがしている。土が記憶した凄惨《せいさん》な過去は、都内にどれだけあるのだろうか。そして怪異は、実際にどれだけ起きているのか。

「あー、くそ。腹が減ったな」

助手席で赤バッジが背のびして、

「私たちの分も都まんじゅうを買っておけばよかったわね」

と、神鈴が言った。

「ドライブスルーで食い物を買うか？」

すると警視正が身を乗り出して、

「それはマズい。我々の車が、この時間、この場所にいた痕跡を残してはならない」

と、赤バッジに言った。

「じゃ、防犯カメラのない場所に車を止めるから、安田くんが降りて買いに行ったらいいんじゃないの？」

運転しながら神鈴が言った。

「それならよかろう。ただし、安田くん。買い物の前には手を洗ってくれたまえ」

「んじゃコンビニだな」

赤バッジはカーナビを操作して近いコンビニを表示すると、怜を振り向き、

「ブリトー」

と言った。

「私はおにぎり。梅とツナ」

「私はお茶だ。煎茶で頼むよ」

警視正は首を抱き、

「死者は香りを食べるのだよ」

と、ニッコリ笑った。

結局はパシリかよ。赤バッジと一キロ近くも山を駆け、膝はガクガクになっていて、鼻《び》腔《こう》に悪臭がこびりつき、脳裏には凄惨な死体の映像が貼り付いて、ミカヅチ班のショッキングな実情も理解できない。それでもこうして同じ車内に、異能の仲間と一緒にいるのは心地がよかった。幽霊を見たと話しても、驚く者も、馬鹿にする者も、引いてしまう者すらいない。異端と呼ばれ続けた自分のほうが驚くばかりだ。

そう言えば、さっき一瞬、赤バッジはぼくを『相棒』と呼んだな。

聞き違いだろうか。いいや、やっぱり相棒と呼んだ。

「ぼくはホットドッグでいいですか?」

怜は仲間たちに訊く。

前方に街の明かりが煌《きら》めいて、コンビニのサインが遠くに見える。

夜空を灰色に雲が覆って、月の在処はわからない。

警視庁異能処理班ミカヅチに、怜は新たな居場所を見つけた。

エピソード2　札《ふだ》の辻《つじ》キリシタン無念の火

プロローグ

十月上旬、真夜中のことだった。

この秋配属されたばかりの若手刑事が港区にある警視庁三田警察署へと戻ってきた。

繁華街の一角にある飲食店で客同士がケンカをしていると通報を受け、行って対処してきた後だった。揉めていたのは泥酔した男二人で、一人は歩くことができたのでタクシーに乗せて帰したが、もう一人はクニャクニャで歩けない上に警察官や刑事にも暴言を吐いて暴《あば》れたので、署に連れ帰ってトラ箱へ放り込んできたところであった。

「うわあ……チクショウ」

と、若い刑事は今夜何度目かの悪態を吐いた。

酔っ払いを保護するときに胸のあたりにゲロを吐かれて、おろしたてのシャツがベトベトになっていたからだ。最低最悪の出動だった。当番勤務は前日の朝九時から翌日の朝九時半までぶっ通しの任務となる。事件がなければ仮眠もできるが、この日はなぜか夕方以降にコンビニ強盗やひったくり事件が続き、早くも午前三時になるところであった。

シャツの悪臭で吐きそうになりながらデスクに戻ると、上司が言った。

「シャワーを浴びてきていいぞ。災難だったな」

ニヤニヤと他人《ひと》の不幸を笑っている。

警察官をしていると、少なからずこういう目にも遭うものだが、わかっていてもやりきれない。老朽化で建て替え間近の建物は廊下や部屋の一部に明かりが点いているだけで、それ以外は不気味に暗く、寒々しく静まりかえっている。同僚にこんな姿を見られなくてよかったが、それにしてもあの野郎……テメエ勝手に酒呑んで、ケンカの挙げ句に警察官にも暴力を振るい、保護した俺にゲロを吐くとは。はらわたが煮えくりかえる。

「すみません」

と頭を下げて部屋を出た。スーツの替えは置いてないので、制服に着替えるほかはない。それよりこれをどうしよう。洗うことを考えるだけで気が滅入《めい》る。

真夜中の署内はとても静かで、母親の臨終に病院へ呼び出されたときの記憶が蘇る。病院の廊下も、夜間はとても静かであった。非常灯と足元灯の明かりがおぼろで、自販機の光だけが目に突き刺さるようだったっけ。

署内には当番勤務の署員がいるが、人の気配はほとんどしない。上着を脱ぎながら廊下を進み、ネクタイを外そうとしたときに指が濡れてげんなりした。シャツが胸に貼り付いてくるのも耐えられない。

「くそ」

と言いながらシャワー室の扉を開けて、誰にともなく、

ポチャン、ポチャン、と水の音がする。

「ばかやろう」

と吐き捨てた。真っ暗な部屋に明かりを点けると、ポチャン、と水の音がする。

ポチャン……ポチャン……。経年劣化でシミが浮き出たシャワー室に水漏れの音が響いている。きちんと蛇口を閉めないバカがいたのだ。

汚れた服をビニール袋に突っ込んでから、彼はシャワーのブースへ向かった。

空調の風が項《うなじ》に触れて、全身に鳥肌が立つ。真夜中というだけで見知った場所が薄気味悪い。天井の四隅《よすみ》から広がる闇と、湿った臭い。

ポチャン……ポチャン。

奥から二つ目のシャワーが鳴っていたので蛇口を閉めた。

隣のシャワーで体を洗おうとノズルを手に持ったとき、ポチャン……また、ポチャンと、音がした。今度は背後で聞こえた気がする。無人の部屋を見回すと、天井に夜が貼り付いて照明の光が霞んで見える。空気も寒くて震えがきた。

シャワーからお湯を出し、体にかけて、耳を澄ませた。

水滴の音が消えたので、彼は石鹸で体を洗った。胸のあたりは特に念入りに。

シャンプーで髪を洗っていると、隣のシャワーを捻る音がした。

「警部ですか？」

声をかけたが、返答はない。

使っていたシャワーを止めてみると、隣のシャワーの音も止まった。様子を見たいが泡《あわ》が目に入ってできない。髪の毛ごと泡を掻き上げて、瞼を拭うと隣を覗いた。

誰もいない。

けれども床が濡れていて、ノズルからパタパタと水が滴《したた》っていた。ゾッと恐怖が背骨を走る。彼はおざなりに泡だけ流すと、バスタオルを抱いて洗い場を出た。

そのとき、赤い警報ライトが点滅し、ブザーが鳴った。

――火災、留置場。火災、留置場――

電子音が繰り返す。腰にタオルを巻いてシャワー室を飛び出すと、廊下に煙が漂っていた。上司が走ってきて叫ぶ。

「火事だ」

そして留置場へ走っていった。

一瞬だけオロオロしてから、シャワー室に戻って下着をつけた。官給のシャツにズボンを穿《は》いて廊下に出たとき、署内の明かりが一斉に消えた。

「なんだ?」

右を見て、左を見てから、足元灯を頼りに留置場へと走る。

非常灯の青い光が薄らと煙を照らしている。見知ったはずの廊下は長く、火事だというのに寒かった。ピチャン、と耳の近くで音がする。ちがう。これは水音じゃない。そう思ったとき寒気がした。もっと粘度のある音だ。たとえば固まり始めて糸をひく血液が落ちる音に似ている。足下を風が行き、枯れ草と薪の匂いがする。

——誰が……を……れたんじゃ……な惨い話があるか……れえ……の……を……してくれえ……ろくばいだ……——

彼は立ち止まって振り向いた。

誰もいないし、誰も見えない。スマホを出してライトを点ける。

と、一瞬だけ、汚れた包帯を顔と手足に巻いた何かが見えてギョッとした。

「誰だ」

よく見ようとして光を向けると廊下が映った。

誰もいない。いや、そうではない。床に何かがうずくまっている。

「誰だ」

そちらに明かりを向けたとたんに、スマホのライトも消えて闇になった。

——ろくばいだ……ろくばいだ……——

ずり……ピチャン……ずり……ずり……空気はもはや凍《こご》えるようで、化膿《かのう》した皮膚の臭いを嗅いだ。違う、これは人じゃない。全身が総毛立ち、恐怖がザッと落ちてきた。

無数の何かが足下にいる。すぐそばに。一面に。

彼は両手で口を押さえて、叫びそうになるのを我慢した。……ろくばいだ……ろくばいだ……恐怖は胃を刺激して、喉から嗚咽《おえつ》が漏れそうになる。

彼は後ずさり、背中が壁に当たってとまった。うわあ、と叫びそうになったとき非常灯の明かりが点いて、一目散に走り出す。廊下を曲がると電気が戻って照明が点き、消火剤で白く煙った留置場の前に立っていた。消火器を握っていたのは老齢の警備担当者で、開け放った鉄格子の中で警部が男に馬乗りになっていた。さっき放り込んだ酔っ払いが床に倒れて、警部が心臓マッサージをしているのだった。

「火は？」

「消えました」

「いったい何が」

「AED！　AEDだ！」

額に汗して心拍蘇生《そせい》をしながら警部が叫ぶ。彼はAED（自動体外式除細動器）を持って、鉄格子の中へ飛び込んだ。酔っ払いは意識不明だ。シャツの胸を開いてパッドを貼ると、機械が動いて音声が鳴った。

——ショックボタンを押してください——

警部が離れるのを確認してからボタンを押した。

衝撃で体は跳ねたが、男は意識不明のままだ。

警部に代わって心拍蘇生を施しながら、その顔を見て彼は思った。

ダメだ、無理だ。いったい何があったんだ。

室内はどこも燃えていなかった。それなのに、意識不明の酔っ払いは下半身が黒く焼《や》け焦《こ》げていた。足先は靴ごと炭化して、ズボンが燃えて皮膚から血を吹き、腰から上に煤《すす》がつき、燃えて溶けた化繊の服が体に貼り付いていた。顔は爛《ただ》れて鼻に煤がこびりつき、喉は熱傷で腫《は》れ上《あ》がって、ピクリとも動かない。

──ショックボタンを押してください──

心拍蘇生をやめてボタンを押したが、警部は床に座って放心しているし、警備担当者も消火器を握ったまま、諦めた目でこちらを見ていた。

「何時だ」

と、警部が訊いて、

「三時十五分です」

と、警備担当者が答える。

「……よせ。もう無駄だ」

警部は彼にそう言って、両手で自分の顔を覆った。

「ちくしょう……わけがわからねえ……どこから火が出やがったんだ」

火の気のない部屋で焼け死んだ男の遺体は、何が起きたのかと問うように口を開け、喉から泡を吹いていた。

其の一　大晦日《おおみそか》の怪

カレンダーが最後の一枚になると、誰しも気が急くようだ。まるで時間に追われるように、やり残したこととやるべきことを数え始める。大人たちはなぜ十二月になると口癖《くちぐせ》のように忙しいと言うのだろう。子供のころからそれが不思議で仕方なかった。

床屋で長い順番を待ち、むさ苦しい髪を切ってもらっているとき、安田怜はそんなことを考えていた。自分も大人になったけれども、大晦日や元旦《がんたん》が特別だという感覚はない。夜が来て、朝が来て、一年が始まる、それだけのことではないか。

ケープを外してもらって鏡を見ると、ようやく普通になった自分が映っていた。散髪代を払って床屋を出ると、視界が利いて世界が開けたように感じた。今までは目に入ってくる前髪が鬱陶しくて、下ばかり向いて歩いていた。

真冬の空は真っ青で、ビル群の底に皇居の森が少しだけ見えた。

住むところも仕事もなくして途方に暮れていたとき、ひょんなことから警視庁本部の地下にある外部委託研究室に研究員として雇われた。あれから何週間かが過ぎて、今では安い下宿を見つけて住んでいる。風呂なし、トイレとキッチンは共有という物件だけれど、かまわない。家具が布団しかない四畳半でも、帰って眠れる場所を持てたことが嬉しい。

風呂場も家具も必要ないのは、一日のほとんどを職場で過ごし、夜勤もこなしているからだ。職場にはシャワー設備も食堂もあり、二十四時間稼働している。しかも年中無休なので、怜は暮れの三十日から新年の二日まで、進んで夜勤当番を引き受けた。

多くの人が家族と過ごす祝日は孤独が余計に身に染みて、盆とクリスマスと正月が大嫌いだった。けれどその日に仕事をすれば、喜びを分かち合う相手がいないわけじゃなく、仕事で仕方がないのだと自分に言い訳できるから。

十二月三十日午前八時。警視庁本部へ出勤すると入館証を機械にかざしてゲートをくぐった。行き交う人の動作は速い。盆も正月も関係ない警察官は、師走にむしろ出動要請が増えるようで、館内はいつもと同じか、それよりも慌《あわ》ただしい朝を迎えていた。

怜の職場は地下三階にあり、警視庁の一部を間借りしている警察庁の研究機関ということになっている。数万人が働くこの場所で、機関の存在を知る者はほとんどいないから、すれ違う誰とも挨拶を交《か》わすことなく廊下を進む。ゲートの内側に入ってしまえば、敬意を表さねばならぬ者だけに注意を向けていればいい。偉そうに部下を従えて歩く人物に会ったときだけ道を譲って壁際に立ち、俯いてその者が行き過ぎるのを待つのである。そんなことにも大分慣れたが、そのたび怜は江戸時代の参勤交代を思い描いてしまう。頭を垂れた者らが心で何を考えているか、身分の高い人たちは知りもしなかったことだろう。

途中で廊下を折れてバックヤードへと向かう。通用口の脇まで来たら、また廊下を折れてどんつきまで行き、荷物用エレベーターで地階へ下りる。館内は全フロアに監視カメラがあるから、荷物用エレベーターを使う自分たちは地下シェルターの管理人か、窓際を通り越して地階へ追いやられたダメ職員と思われているはずだ。

装飾どころか壁さえもない荷物用エレベーターは、地下三階で乱暴に止まる。あくまで荷物の運搬用で、落ち止めの手すりポールがあるだけなので、手すりより先に頭を出すと頭部を挟んで圧死しかねない代物だ。以前事故に遭った配達業者の残留思念が日に何度もエレベーターに乗り込んでくるが、機械が動くと消えていく。霊視能力を持つ怜は走っている彼をよく見るが、死んだ姿は見たことがない。業者は何かの理由で気が急いていて、荷物用エレベーターに乗れたとたんに気持ちが緩《ゆる》んで事故に遭い、死んだことすら気付かずに逝ったのだろう。巻き戻したテープのように姿を見るのは、その瞬間の彼の焦りがあまりにも強烈だったからだ。

霊能力があるといっても、あちらの世界の常識も、あちらの世界の非常識も、怜にはまだわからない。普通の人には見えないものを見ることと、それを理解していることとは違う。

荷物用エレベーターには、素通しで蛇腹になった鉄柵《てっさく》の扉がついている。箱が止まれば手動で扉をスライドさせて乗り降りする仕組みだ。箱を降りたら蛇腹を閉めて廊下を進む。蛇腹を閉めない限りは安全装置が作動して、箱が動かない仕掛けのようだ。

地下三階には薄暗い廊下が続いている。ダウンライトと足元灯以外に照明はなく、暗くて陰気な雰囲気があり、あたかも地下シェルターに向かう通路のようだ。廊下の突き当たりには避難シェルターそのものに見える鉄扉があって、奥が怜の勤める研究機関の部屋である。通称ミカヅチ。警視庁異能処理班というのがそれだ。

ミカヅチ班の使命は警視庁本部が建つ土地に眠る何かを護ること、そうしたものが存在する事実を隠し、この世に怪異などないと市井の人々に信じさせることだ。

重い鉄扉に備え付けられた認証器機にＩＤをかざしてコードを打ち込み、扉を開く。最初にここへ来たときは内部で操作をしてくれたのだが、正式採用された現在、怜は自分のＩＤで扉を開ける。正直なところ、やや誇らしい気分になれる。

「来たか」

この日、フロアには明かりがなくて、真っ暗だった。

昨晩当番勤務をしていたのが盲目の霊視能力者、広目天だったからである。

壁のスイッチを入れると照明が点いて、正面奥の重厚なデスクに座る警視正の姿がいくらか霞んだ。警視正は二十四時間デスクにいるが、幽霊なので照明の下ではやや影が薄くなり、日中の屋外ではシミのようにペラペラになる。彼は平将門公の首塚で事故に遭い、首を落として死んだのだ。

「おはようございます」

怜は自分用に支給されたデスクにナップザックを置いた。班のメンバーは警視正の幽霊と怜を含めて六名。ほかに外部委託の超絶特殊清掃員が三名いる。

「安田くんはようやく床屋へ行ったのだな」

と、警視正が言った。首が定位置にあるときは生きた人間と見分けが付かない。制服をビシッと着込んでデスクに座り、広目がまとめる報告書にハンコを押している。

警視正は目を細め、唇を曲げるようにして、にやりと笑った。

「そうか。安田くんはそういう顔だったのか」

「目が大きくて、肌の肌理《きめ》が整っていて、一見すると小娘のような顔だ」

目を瞑ったままこちらを向いて広目も笑う。

怜はムッとして広目を睨んだ。

「広目さんは、ぼくの顔を知らないじゃないですか」

見えないんだから、と思って言うと、広目は「ふん」と鼻を鳴らした。

「いいや、見た。先日死人の目玉を借りたとき、彼の目を通してきみを見た。もっさもっさの天然パーマで顔を隠して、その実は捨てられた子犬のような目をしていたな。話すとき、どら焼きみたいな形に口を開けるのが特徴だ。黒目がちで二重、髪に隠れて眉は見えなかったが、皮肉を言うとき右の頰が引きつる癖がある……まだ聞きたいか？」

ちくしょう。悔《くや》しいけれども言い当てられた。

広目は眼球を持たないが、死者の眼球を眼窩に入れると死者が見たものを見ることができる。怜を見たのは怪異事件の依頼者で、古い刑場跡地に棲む化け物に殺されたのだ。

「グレーのパーカーがブカブカで、察するにきみは痩せている。身長は……」

「もうけっこうです。降参します」

怜が言うと広目はゆらりと立ち上がり、

「俺はシャワーを浴びてくる」

と、シャワー室へ入っていった。

腰までの長い髪を翻《ひるがえ》し、スタスタと歩く彼を見送ってから、広目は警視正に訊ねた。

「広目さんは、見えないのにどうして自由に歩けるんですか？」

「エコーロケーションだ。広目くんは生まれつき反響音で空間を認知する能力を持っているのだよ。コウモリのようなものだと本人は言っておったがね」

広目のデスクは部屋の奥の隅にある。その場所は天井に照明がなく、ミカヅチが護る『開かずの間』の扉に近い。暗がりに座る彼を初めて見たとき、怜は広目を女と思った。

「小娘のような顔にどら焼きみたいな口だって？　自分こそ女顔のくせに」

そう吐き捨ててから給湯室へ向かった。

警察という組織は、掃除とお茶くみが新人の仕事と決められている。部屋を整理し、同僚の好みを把握して、適切なタイミングでお茶を出すことは対人の基本を学ぶために有益だからという。警視庁の本部にあって警察庁の特殊機関でもある『ここ』に、その論理が当てはまるのか知らないが、とにかく怜は掃除をはじめる。モップで床を擦ってテーブルを拭き、そのとき各自のデスクに載った品を見るのが、実は楽しい。

警視正のデスクには彼の髑髏を入れた巾着袋と書類入れが置いてある。役職を記した席札は警視正と班長のデスクにしかなくて、班長のデスクは物がない。対して広目のデスクには、点字用タイプライターのほかに真水を入れたペットボトル、トレーや白いボウルが載せてあり、事務職員の神鈴のデスクはパソコンと卓上カレンダーと筆記用具が載っている。怜のデスクには現在書籍が積み上げてあり、机を拭くにも時間がかかる。

それらの書籍はミカヅチ班の基本的な知識を得るために神鈴が用意したものだ。東京近郊の歴史的成り立ちと、それに伴う地図などで、その場所で何があり、何が眠っているかを知っておけというのであった。

自分の机は最後にして、もう一人の同僚『赤バッジ』のデスクを拭きに行く。

赤バッジは警視庁捜査一課の刑事だが、連絡係をしているためにミカヅチ班にも席がある。彼のデスクは何も置かれていないのだが、机に敷いた透明保護シートの下に写真が一枚挟まっている。色白で清楚《せいそ》で笑顔が可愛い女性の写真だ。彼女か、もしくは奥さんか、怜はそれが気になっている。

「こんなに可愛い人なのに、あんな怖い顔の男が好みとは……」

写真の上だけ二度拭きながら怜は呟く。

「赤バッジの写真に触るなよ」

項に息を感じて振り向くと、頭にタオルを巻いた広目がシャンプーの匂いをさせて立っていた。

「ギョッとするじゃないですか。音も立てずに接近しないでくださいよ」

「小心者め」

と、広目は笑う。

「触れると赤バッジに殺されるぞ。俺は忠告したからな」

「触りませんけど……誰なんですか？　この美人は」

チャンスとばかりに訊ねると、広目は、

「他人を詮索《せんさく》するものではない」

と、背中で言った。

「話を振ったの、そっちじゃないですか」

今度は聞こえないふりをしている。

では警視正に訊こうと顔を向けると、警視正は自分の首を膝の上に置いていた。顔がこっちを向いていないので、話をする気はないらしい。

怜は溜息を吐きながら、バケツを持って給湯室へ入っていった。


午前八時三十分少し前。土門班長と神鈴が出勤してきてミカヅチ班のメンバーが揃《そろ》った。この班は警察官と同じ週四十時間勤務だが、全員が部屋に揃う時間がけっこう長い。

並外れた能力を持って生まれた怜のような人間は、一般人とは違う世界に生きている。怜の場合、子供のころは死者と生者を見分けることが難しかった。違いに気付けず壁の隙間にいる相手と会話をしたり、生きた人間よりもその後ろに立っている霊に興味を惹かれて周囲を怖がらせたりもした。そして次第に孤立して、見えないものが見える自分は異常なんだと知らされた。ミカヅチ班のメンバーもそうだろう。懸命に能力を隠しても、ふとした瞬間に変なヤツだと思われる。それだけじゃなく、霊は相手に能力があると見破ったとたん容赦なくつきまとい、周囲の者にも悪影響を及ぼすのだ。

その点ここなら安心できる。土門にスカウトされたとき、能力を活かせる職場ですと言われたことは間違いではなかった。職務にハードな部分があったとしても、怜はここへ来て初めて、しっかり呼吸できた気がする。

「みなさんは年末休暇を取らないんですか？」

お茶を配りながら訊くと、

「なんで？　一年で一番忙しいのはこれからよ」

キャラクター付きのポシェットを弄びながら神鈴が言った。

「今年は警視正が幽霊になってしまいましたので、安田くんが夜勤を申し出てくれて助かりました。なぜって毎年この時期はてんてこ舞いになるのですから」

怜が淹れたお茶を啜って、

「ちょっと薄いですね」

班長の土門は眉根を寄せる。

「安田くん。煎茶を淹れるにはお湯の温度が高すぎですよ。あと、抽出時間も足りません。手を抜こうとして熱湯で淹れずに、やや冷ましたお湯でゆっくり淹れるのがコツですよ。たとえ官給の安いお茶でも、愛情を込めて淹れれば美味しくなります」

「八女茶と間違われるくらいに、ですか？」

訊くと土門はニッコリ笑った。

「そういえば、私が淹れたお茶を八女茶と間違えた人がいましたね。誰でしたっけ」

「味音痴の幽霊です」

神鈴は答えてパソコンを起動した。

「安田くんは怪異マップを頭に入れたの？　マップを覚えたら、警視庁の緊急通報と照らしてみるといいわ。犯罪が頻発する場所は大抵過去に因縁《いんねん》があるから」

「それ、ちょっと怖いですね」

怪現象や心霊現象などのオカルト話は、オカルトと割り切るからこそまことしやかに話せるのであって、警視庁本部の職員や警察官が真剣に打ち合わせるべきことじゃない。ここは居心地がいいけれど、怪異を身近に感じて恐ろしい。

神鈴は真剣な顔をして言った。

「嘘じゃないわよ？　証拠を見せるからここへ来て」

「別にいいです……自分できちんと確かめますから」

牽制《けんせい》しながら警視正のデスクにもお茶を置く。

直接お茶は飲めないとしても、幽霊は香りをたしなむらしい。

「安田くん。年末が忙しいというのは本当なのだ。我が班は捜査権を持たないが、暮れに犯罪が急増するのは金の工面に腐心する者が増えるほかに、大晦日に鬼が跋扈《ばっこ》するからという側面がある」

「追儺《ついな》といいまして、大晦日は宮中で悪鬼祓いをするからですね。陰陽師《おんみょうじ》が祭文を読み、方相氏《ほうそうし》が侲子《しんし》を従えて鬼を追う。それゆえ大晦日は追われた鬼が町に出て悪さをするというわけです」

と、土門が言った。

「『鬼遣らい《おにやらい》』なら知ってますけど、本当に犯罪の増加と関係あるんですか？」

怜は開かずの扉を見て訊いた。

「まさか大晦日になるとあの扉が開くとか？　ここが忙しいのはそのせいですか」

「あれが開いたらこの世は終わりだ」

またも広目に嗤われた。

その扉は警視正の真後ろにあり、物々しい鉄製で、表面に赤い模様が落書きされている。初めはペンキかと思ったが、毎晩模様が変化するのでペンキではないのだろう。誰が、いつ、何の目的で書き替えるのか。夜勤は何度かしているが、一度も現場を見たことがない。

「あの中はどうなっているんです？」

「いずれわかる時が来る」

と、警視正が言ったとき、部屋の入口が開いて赤バッジが飛び込んできた。

「三田警察署で留置中の被疑者が焼け死んだ。今年はこれで二人目だぞ」

なぜなのか、その一言で部屋の空気が一気に変わった。土門は警視正と顔を見合わせ、

「安田くん。一緒に来てください」

と、すぐさま怜を呼び寄せた。

「赤バッジも行きますか？　行くなら着替えが必要です」

神鈴はすでに立ち上がっていて、バックヤードから白い服を抱えて戻った。それを会議

用テーブルに載せると、

「警備に話して車を出します」

どこかへテキパキと電話する。

「安田くん、着替えてください」

土門から渡されたセットは調理人が着るような白い甚兵衛《じんべえ》と白い和帽子だった。土門も赤バッジもさっさと上着を脱いで甚兵衛を着ている。

「早くしろ」

と赤バッジに睨まれて、わけもわからずシャツの上から甚兵衛を羽織《はお》ると、

「車の用意ができました」

電話を切って神鈴が言った。

「行くぞ」

和帽子って、どう被るのが本当だろうと考えているうちに、赤バッジと土門が走り出す。自分のザックをひっつかみ、帽子は手に持ったまま、怜は二人を追いかけた。

荷物用エレベーターで地下二階へ上がっていくと、そこには弁当屋のバンが用意されていた。なるほど、だからこの格好か。運転席に土門が乗ると、赤バッジは素早くスライドドアを開け、怜を押し込んでから自分も乗った。喋る間もなく発車する。

「警察署へ行くんですか?」

地下を出るとき、ようやく怜は訊いた。

「そうだ。三田警察署へ行く」

と、赤バッジが言う。

「警察官同士なのにカムフラージュをするんですか？」

「安田くん。採用したとき教えましたよね、我々の任務は極秘だと。この連絡は三田警察署に配属された処理課の担当者から入ったもので、署員も事務職員も警察官も署長も知らされていないことなのですよ。いい機会だからちょっと説明をしておきますが……」

ハンドルを切りつつ土門が語る。彼は小柄で丸顔で、少し猫背でメガネをかけて、くたびれたサラリーマンのような風貌《ふうぼう》をしている。今は板前風の和帽子がよく似合い、どこから見ても弁当屋のオッサンだ。清掃業者に化ければ清掃業者にしか見えないし、たぶん何に化けたとしても人目を惹くことはないのだろう。

車は本庁の駐車場を出て港区へと向かう。車だと十数分の距離だろうか。

大通りの流れに乗ったとき、土門は言った。

「安田くんが勉強中のマップですが、そのひとつに三田警察署の建つ土地があります。現在の場所に庁舎が建ったのは約五十年前ですが、新庁舎の完成を待って来年芝浦に移転することが決まっています。手狭になったというのが理由ですが、もうひとつ、土地が抱えてた因縁が解けるからというのがあります」

怜は考え、こう訊いた。

「警視庁本部同様、何かを封印した場所に所轄署が建ったということですか」

「少しは頭が働くようになったな」

調理人姿の赤バッジが言う。

「すべての所轄がそうというわけではありませんが、警視庁所轄署の建物の中には、曰《いわ》く付《つ》きの場所を選んで建てられたものがあり、ミカヅチ班の連絡係が置かれています。全員が異能処理課のOBで、嘱託職員や、警備員や、まあ、色々です」

「その土地は因縁を抱えていたんですね?」

怜は考え、そして訊ねた。

「そこも刑場跡地ですか」

バックミラー越しに土門の目がチラリと向いた。

「かつて江戸の範囲は東京よりもずっと狭かったのですよ。三田のあたりは江戸の外れで、やはり刑場がありました。江戸の刑場といえば小塚原《こづかっぱら》や鈴ヶ森《すずがもり》が有名ですが、初期には芝高輪《たかなわ》や芝口札の辻にも刑場があって、それが手狭になったため、鈴ヶ森刑場が造られたという経緯があります。処刑人の数も膨大で、鈴ヶ森だけで十万人とも二十万人とも言われます。斬首《ざんしゅ》は牢屋敷《ろうやしき》で行われたので、実際の死者はさらに莫大《ばくだい》でしょう。刑場で行う処刑の場合は、火炙《ひあぶ》りや獄門など見せしめの側面が強かったですから、まあ、合理的に作られた殺人ショーの舞台といいますか。鈴ヶ森刑場跡地に行けば、今も焚刑《ふんけい》に使った礎石が残っていますよ」

「三田署があるのは札の辻だ」

「そこで事件が起きたんですね」

赤バッジは怜ではなく土門に言った。

「十月に一人目が死んだ、これは例年通りです。けれどこの三日にも犠牲者が出たということは、やっぱり今年で最後なんですね」

「そういうことになりますか……でも、今日はもう晦日ですから」

「三日の死人は自然死として処理されていたので報告が遅れたそうです。気持ちはわかりますがね。三ヵ月に二人も死ねば隠蔽したくもなるでしょう……遺体を出すときに担当官がたまたま状態を見たようで……危ないところだったと言っていました。そういえば」

と、赤バッジは運転席のヘッドレストに手をかけた。

「十月に死人が出たとき、駆け出し刑事が妙な体験をしたと署内で噂になっているようですよ。薄汚い包帯を巻いた何かが床を這うのを見たそうで」

土門のほうが階級は上なので、赤バッジは土門に敬語を使う。

「そうですか。まあ、たまにいますね。受信力が強いタイプの警官が」

「なんですか?」

怜が聞くと、赤バッジは振り向いて眉根を寄せた。

「その刑事は『ろくばい』と囁く声を聞いたってよ」

「ろくばい……って？　処刑方法かなにかですかね」

「そうじゃない」

と、赤バッジは言った。うっとりするほど甘いテノールなので、声だけ聞くとどこの王子様が喋っているかと思ってしまうが、顔は怖い。ヘアスタイルはベリーショートだが、髪質は硬めだし、毛も多い。それなのに眉毛がないのは剃《そ》っているからだろう。

「なんだろう。ろくばいって」

風に潮の香りが混じる。港区は霞《かすみ》が関《せき》より空が広くて、清々とした感じがする。

江戸のころ、流入してくる犯罪者や浪人を牽制するため、刑場は東海道沿いにある江戸の入口付近に設けられ、死骸をさらすことで犯罪の抑止力にしていたらしい。

十万人を超える人々が処刑されたというのなら、土地にはさぞかし大量の『魄《はく》』が染みこんでいることだろう。

「さあ、着きました。時間もちょうどいいですね」

そう言って、土門は駐車場に入っていく。

午前十一時四十五分。弁当屋が弁当を運ぶのに適した時間だ。

「安田くん。車を止めたらハッチを開けて、弁当のトレーを運んでください」

土門は署の裏側に駐車した。

「え？　ホントに弁当積んでるんですか」

「んなわけあるかバーカ」

と、赤バッジが言う。

「正月が近いと弁当屋が休みになるから、いつもと違う業者が来ても怪しまれない。事情を知らない警察官に弁当欲しいと言われたら、『すみません。今日は予約の分だけなんです』と言って誤魔化せよ。弁当は防犯カメラ用のフェイクだからな」

「はい、わかりました」

と怜は言って車を降りた。ハッチを開けると四角いトレーに弁当箱が並んでいた。赤バッジと怜がトレーをひとつずつ抱え、土門は運転席の伝票を持って裏口へ向かう。

建物内部へ入ったとたん、怜は脳裏に松林を見た。

松林の手前に荒れ地があって、そこに大勢の役人が集まっている。馬に乗った者が周囲を走って、竹垣の奥に群れている聴衆に怒鳴っている。風は冷たく、潮の匂いがする。怜は自分が風に吹かれているような気がした。

「急げバカ」

と赤バッジに言われて廊下を進む間も、怜は風が吹きすさぶ荒れ地を歩いているような気がした。潮風に混じって干した茅《かや》の匂いがしている。気がつけば、松林の手前に柱を立てて、白装束の罪人たちが何十人も括られていた。柱は一本、後ろ手に縛られて止まり木のような台座の上に立たされている。その足下に茅が積まれる。一メートルを超える長さで一抱《ひとかか》えもある茅が、罪人の胸のあたりまで積み上げられる。次から次へと、まるで人の壁に立てかけて干すかのように。

「こっちだ」

赤バッジの声に従いながら、怜は荒れ地を歩いている。

片側は罪人たちの白い壁。反対側では紋付き袴《はかま》の役人が額を突き合わせて何事か相談の最中だ。それを取り巻く下人たち。竹垣の向こうにひしめく人々。怒号も悲鳴も泣き声もなく、ただ風の音がする。

署内の薄暗い通路には、壁際に簡易テーブルが置かれていた。

土門はそのテーブルに弁当のトレーを載せろと指示をした。老齢の警備員がそばにいて、土門と一緒に裏口を出る。土門たちの後を追いながら、怜は引き続き幻を見ていた。

松明《たいまつ》を掲げた下人たちが磔《はりつけ》台の下に立ち、役人が罪状を読み上げる。風が吹き、松明の火が揺れて、罪人たちは天を仰いだ。乱れた髷《まげ》から髪がほつれて頰のあたりで揺れている。オラショ……と、どこかで声がした。怜は胸が苦しくなった。松明の火が茅に移る。乾いた茅は荒れ地を煙で覆ったのち、風に吹かれて炎が燃える。

「はっ」

と、怜は息をした。煙で呼吸ができなかったのだ。

目の前には不機嫌そうな赤バッジの顔があり、和帽子の下で眉をひそめて、

「どうした」

と訊く。腕を摑まれ、倉庫棟へと引っ張り込まれた。

その先にあったのは、遺体用冷蔵庫を備えた検視所兼霊安室だった。土門が老齢の警備員と並んで立っている。

「どうしました？」

訝《いぶか》しげに怜の顔を見て、土門も訊いた。

「ここに来たとたん、頭のなかに松林が浮かんで……処刑台に縛られた大勢の人を見ました。腰のあたりまで茅を積まれて火炙りにされた人たちです。オラショとかいう妙な呪文が、今も頭に響いていて……」

土門と警備員は顔を見合わせた。

「それが、もの凄い数なんです。白い着物がもう、壁みたいで」

土門は深く頷いた。

「ほかにも何か見ましたか？」

怜は右手でこめかみを揉んだ。ゆるいはずの和帽子が額を締め付けて冷や汗が出る。

「包帯……汚れた包帯……呪詛の声……ろくばい……なんだろう、ろくばいって」

「駆け出し刑事が聞いたやつだな」

と、赤バッジが笑う。

「安田くん」

土門は怜の名を呼ぶと、老齢の警備員に視線を移し、

「こちらは以前ミカヅチの班長だった中村《なかむら》さんです。今は要所の連絡係として、ここの警備をしてくれています」

「中村です」

と、頭を下げてくれたので、怜も深く腰を折った。

「安田怜です」

「安田くんは少し前に折原警視正が目をつけましてね、今は研究員として我が班に来てもらっているのですよ。エンパス系霊能力者ですね」

「そのようですな。だが歴史には疎いらしい」

中村は薄く笑った。土門が怜に説明をする。

「四百年ちかく前の元和《げんな》九年（一六二三）当時、ここは高札場のある小高い丘だったそうですよ。その年の十月、徳川家光《とくがわいえみつ》の命により、伝馬町《てんまちょう》牢屋敷に捕縛されていた五十名の隠れキリシタンが札の辻の丘に引き出され、見せしめのため火炙りにされたのですよ。同じ年の十二月には殉教者らの妻子二十四名と、それを匿《かくま》った者十三名も処刑されました。

安田くんが幻視したのは五十名の焚刑シーンでしょう」

「そうしたことから札の辻は不浄の地として敬遠され、長い間人の住まない荒れ地だったが、その後に寺が建てられるなどしたことで、人は土地の浄化は済んだものと解釈をした。で、現在はこのように開発が進んでいるというわけなのだ」

「開発に当たって慰霊碑なども建てられましたが」

土門は相変わらずニコニコしている。

「でも、怨念は鎮まっていないってことですか?」

訊くと中村は何とも言えない目で怜を見つめた。

「祟るとか、鎮まるだとか、それは人間側にとって都合のいい考えにすぎんよ……そうだなあ、たとえば、膝が抜けた制服のようなものさ」

と、中村は言う。

「ズボンは膝に力が加わって、やがてそこだけ伸びていくだろ。平らにしようとプレスをかけると一見元に戻って見えるが、膝が伸びていることに変わりはないんだ。繊維が伸びてしまっているから、すぐまた膝が抜けていく」

怜は思わず眉根を寄せた。

「一度不浄を吸った土地は清浄に戻れないってことですか?」

「見かけの体裁は整えられるが、根本は解決していないということですね。寺はプレス機のようなもの。怒りに燃える人物に正論を説いても聞き入れないのと同じです。慰霊碑を建てて安心するのは、生きた人間の都合と満足のためですからね」

土門が言った。

「刑場跡地とひと口に言うが、実際はその一帯が不浄を吸った土地なのだ。慰霊碑を建てたところで一帯をカバーできると思うかね？　そういう土地が瘴気《しょうき》を吹くと、広い範囲で怪異が起きて始末に負えない。そこでここに署を建てて、監視態勢を敷いてきたのだ。磁石のようなモノと思ってもらえばいいかな。悪意は悪意で引き寄せる。怪異が起きるならこの場所で、悪意を持つ者に降り懸かるようにしたのだよ。それならば、市井の一般人に恐怖が及ぶことはない。この署では毎年十月から十二月にかけて不審死が起こる。勾《こう》留《りゅう》中の被疑者が犠牲になる場合が多い。呪《のろ》いは砂鉄、磁石は悪意を内包する者どもだ」

「例年の犠牲者は一人だったが、昨年は二人、今年もすでに二人死んでいる」

赤バッジは腕組みをして遺体用冷蔵庫に目をやった。

「でも、それが札の辻の祟りの死だと、どうしてわかるんですか」

「死に方だよ」

と中村は言って、冷蔵庫の扉に手をかけた。

「年末年始は留置場で過ごしたい者がいて、今頃になるとわざと捕まって留置場へ来る。彼もその一人だったが、今年は年貢の納め時だったようだ。こっちへ来たまえ」

中村が遺体用冷蔵庫の扉を開けると、そこには服を着たままのご遺体が寝かされていた。六十がらみの男性で、無精ひげを生やした浅黒い顔をしている。体に傷があるわけでもなく、見た目はきれいだ。なぜか靴まで履いている。

「検視を終えた遺体は遺族に引き渡されるのだが、大抵は顔や手しか確認しない。この人物の場合は引き取り手がなく無縁塚行きが決まったので、服を着せておく必要はなかったのだがね」

そう言いながら足下へ行き、ズボンの裾をめくって見せた。

怜はその光景に目を丸くした。

最初は状況が摑めなかった。遺体の足首が炭化していたからだ。目をしばたたいてもう一度見る。皮膚が黒く焼け焦げて、赤い組織と骨が覗いていた。

「え」

誰にともなくそう言うと、中村はもう片方の裾もめくった。まったく同じ状態だった。

「きれいなのは胸までだ。鼻の穴には煤が詰まっていたのだが、それは私がきれいにした。普通に検視が行われていれば大問題になったところだ」

「どうしてこんな死に方を」

「火が出るのです」

と、土門が言った。続きを中村が説明してくれる。

「午前三時十五分になると、火の気のまったくない場所で、突然炎が燃えるのだ。彼の前の犠牲者のときは私が警備をしていたが、直前に霜が降りたように空気が凍り、犠牲者の足下あたりで煙が上がった。次の瞬間には炎になって、鉄格子を開けるまでの間に胸から下を焼かれてしまった。消火器を使うまでもなく鎮火するのだが、その間ざっと一、二分。わずか一、二分で内臓が黒焦げになっている。外からではわからんがね」

「でも、それって大問題じゃないですか。そんなことが頻繁に起きたら……」

「だから処理班があるんじゃねえか」

と、赤バッジが言った。

「明らかにミカヅチ班の案件ならば、『それ用』の機構が働くのです。今回のようにね」

「ち、ちょっと待ってください」

怜は眉間を指で押さえて言った。

「つまり、毎年こういう死人が出てるってことですか」

「そうだ」

と、中村が頷いた。

「ただし、今までは一人だったのだ。ところが昨年は十月に一人、十二月にも一人が死んで、機構がうまく機能できずに署内で小火《ぼや》を出したと新聞記事に書かれてしまった。小火と不審死を切り離すことはできたのだがね、失態だった。十月に酔っ払いが死んだのに、今月になってまたこの人物が留置場のトイレで死んだ。私が当直だった前回はミカヅチの検視官と検視医に連絡をして事なきを得たが、問題は今夜だよ。現在、署の留置場には四名が留置されている。うち二名は身元引受人が来れば釈放されるが、今夜と明日の大晦日には留置される者が増えるだろう」

「どうしてそれが問題なんですか?」

「なにひとつわかっちゃいねえな」

と、赤バッジが吐き捨てたので、怜は少しムッとした。

「わからないから訊いてるんです。普通のことでしょ」

赤バッジはチッと舌打ちをして、眉のない目で怜を睨んだ。

「呪いの成就が近いんだよ。毎年一人、去年は二人で、今年は三人。三度目の正直って言葉を知らねえのか、オメエは」

「呪いに三度目の正直が関係してるんですかっ、そりゃ無教養で悪かったですね」

突っかかっていくと、

「まあまあ」

と、土門が止めた。

「極意刑事も。安田くんは霊能力者ですが、霊媒師ではないのですから」

土門は怜に向き合って、

「この建物は来年取り壊されてしまうのですよ」

と言った。

「制服のズボンの話同様に、呪いや怨念というものはエンドレスではないのです。伸びたズボンをプレスで誤魔化せるのはいっときで、そのうち『膝の抜けたズボン』扱いになり、やがて穴が空いたりしてボロになります。そうなればもうプレスで誤魔化す必要はない。土地に染みついた怨念も同じで、増幅されない限り終わりの時が決まっています。火刑にされたキリシタンの数は五十人。怨念の終わりはその六倍にあたる三百人の死者が出たときです」

「ろくばい――」

と、怜は呟く。

「――刑事が聞いた声って、それですか?」

「6は悪魔の数字とされてるんだよ。ヨハネの黙示録に666は獣の数字と書いてある。そして悪魔の時間はだな、午前三時十五分前後だ」

赤バッジの眼が一瞬赤く光った気がした。中村が言う。

「元和九年から現在までに三百九十七年が経っている。これを六で割ると六十六に少し余るね?　その年に建物は役目を終えて、三田署は芝浦へ移転する。私がここの番人をするのも今年が最後だ。可能であれば札の辻の呪怨《じゅおん》はきれいに終わらせておきたいのだよ」

「どうやって終わらせるんですか」

「三百人にはあと一人。だが、負のパワーを集約させる署がなくなると呪いは成就できなくなる。時代は変わり、風景も変わり、元和の悲劇を伝えるものはすでに慰霊碑ぐらいだからな。六倍の呪いを成就しても、もはや誰も喜ばないし、怖《おそ》れもしないことだろう」

「処刑された者が何十万人いようと、地下にどれだけの骨が埋もれていようと、そのことに心動かされる人々はもはや彼岸の住人になっているというわけですしね」

「今年最後にこの場所で、最後の犠牲者がもう一人出る」

と、赤バッジが言った。

「私という見届け役がいるうちにね。そこで赤バッジに電話をした。今年はあと一日を残すのみ。午前三時十五分を迎えられるのは今夜が最後。つまりは今夜、ここで誰かが火を噴いて死ぬということだ。これで理解ができたかね?」

中村は二人目の被害者の遺体を冷蔵庫に戻して言った。

「キリシタン殉教者の呪いで人が焼け死ぬってことですか」

生身の体に火を点けられるのだ。その苦しさは如何ほどか。

怜は彼らが火刑台にくくりつけられ、風に吹かれながら茅で覆われていくさまを想像してみた。役人たちには誰一人、哀れみを持ってその姿に目をやる者はない。ただ職務をこなすために茅を運ばせ、処刑の進行に心を砕《くだ》いているように見えた。

火刑台は密集し、罪人は壁のように立たされて、個人の尊厳もなければ、それを持たせる配慮もなかった。下人は死にゆく者たちでなく、処刑を見物に来た者たちを眺めていた。松明の炎で燃えていくのが人間であることを知らぬかのように。

五十人……それが人の命だと思うと目眩《めまい》がしてくる。

「その六倍を殺そうなんて……」

呟くと、赤バッジが冷たく言った。

「三百人がなんだ。関東大震災で犠牲になったのは十万人以上だぞ？　『ホンモノ』が動き出したら百人単位じゃ済まねえんだよ。人間はそういう場所で暮らしてるんだ」

何を言いたいのかよくわからなかったが、ミカヅチ班の部屋にあるリーサルウェポンが漠然と脳裏を過ぎった。事件や事故が起きる裏には何かがあるということだろうか。

「さて。では、状況は把握できましたので」

唐突に土門は言って、

「準備してから戻ってきます。弁当屋は長居しませんからね」

と、かつての上司に敬礼をした。

赤バッジもそれに倣《なら》ったが、怜は敬礼の仕方を知らないので、無言でペコリと頭を下げた。被っていた和帽子が床に落ち、今さらながら自分たちの姿を滑稽に思う。

調理関係者が霊安室で遺体に接触するなんて、衛生上問題ありだろう。

其の二　成就の夜

再び弁当のトレーを持って車に戻ると、土門は早々に三田署を後にした。

後部座席では赤バッジが神鈴とスマホで話している。

「三婆ズに連絡してヒトガタを用意させてくれ。あと、こんなときで悪いが未明に仕事を頼んでほしい」

それから運転席を見て土門に訊いた。

「年末なので、何で口説けばいいかと訊いていますが」

土門は少し考えてから、

「壽　初春大歌舞伎《はつはるおおかぶき》のチケットでいかがでしょう」

と、答えた。

「歌舞伎のチケットを出すそうだ。そうだ。正月にやるやつだ」

赤バッジは電話を切ると、

「神鈴が話をつけるそうです」

と、土門に言った。怜は訊ねる。

「何をするつもりなんですか？」

二人にはやるべきことが見えているようだが、怜はさっぱりわからない。最後の一人を死なせないため、ヒトガタを身代わりにするのだろうか。でも、ヒトガタは中身のない『虚《うつ》ろ箱』のようなもの。悪意で怨念を引き寄せることはできないはずだ。

怜の質問に答えもせずに、赤バッジは荷台に身を乗り出した。何をするのかと振り向けば、荷台は二室に分かれていて、ハッチの近くに弁当のトレーが、内側には機材やら布やらが詰め込んである。赤バッジは布をかき分けて何枚か引き出すと、怜の隣でやおら服を脱ぎ始めた。

「どうしたんですか」

「化けるんだよ」

体を屈めてシャツを脱ぐと、鋼《はがね》のような背中が見えた。脱いだものを床に落として、真っ赤なシャツに着替えている。荷台から選び出した布は服だったんだ。ズボンも脱いで黒革のパンツを穿き、チャラそうなジャンパーを羽織ると、再び荷台を向いてビニール袋とスプレー缶を取り出した。

「窓を開けろ」

大きなビニール袋を頭に被り、中でスプレーを発射する。袋の内部が金色に曇り、出てきた赤バッジは金髪になっていた。土門が運転する車は脇道に入り、路地を通って薄暗い公園の裏に止まった。運転席を降りてハッチを開ける。状況がわからずに、怜が後部座席にいた数十秒で、赤バッジはするりと車を抜け出した。土門がハッチを閉める音がして、運転席に戻ってきた。

後部座席の足下には、赤バッジの服と金色になったビニール袋が残されていた。前を見てエンジンをかけながら土門が言う。

「迎えに行くとき必要ですから、服は畳んでおいてください。ビニール袋はゴミ箱ですね。本部へ戻ってから捨ててもらえばいいですよ」

「極意さんはどこへ行ったんですか？」

「三田警察署です」

と、土門は言った。

「ヒトガタだけではアレを呼ぶことができませんから、三田警察署の留置場に悪意の第三者を置く必要があるのです。その点彼は適任です」

「どうやって」

「なに。あの風貌ですからね、半グレ集団や酔っ払いなどを見つけて絡めば、簡単に留置場へ放り込んでもらえます」

車は霞が関へ向かって進む。建ち並ぶビルや、街灯や、整備された道路、そこを行く車や歩道の人々、今ある都会の風景を見ながら、怜の脳裏には壁のように並んだ殉教者たちの姿が過ぎる。何がショックだったと言って、死にゆく者らが効率重視の並べ方をされていたことだ。火刑台と火刑台の間は狭く、それゆえ白い死装束が壁のように見えた。人に対する尊厳は欠片もなくて、効率よく燃やすことだけを重視した配置だった。

五十人をくまなく燃やす。それが罪人だったとしても、そんな死なせ方があるだろうか。処刑は見せしめのためだというが、それならせめてひとりひとりの顔が見え、尊厳を持って死のときを迎えさせてやることはできなかったのだろうか。

オラショと頭で声が鳴る。最期の時、彼らは誰を呪ったのだろう。怨《うら》みを六倍にして返そうとしたなら、それはもはや神ではなくて、悪魔を崇拝したことにならないだろうか。

怜は不意に思い出す。幻視の話をしたときに、土門から、「ほかにも何か見ましたか？」と訊かれたことを。ほかに見たのは汚れた包帯。そしてオラショとは別の呪詛の声だ。

「あれ？　おかしいな」

赤バッジが脱ぎ捨てた服を膝の上でたたみながら、怜は微《かす》かに首を傾げた。

「どうしました？」

と、土門が訊いた。

「いえ……」

答えながら考える。なにか、どこかが歪んで感じる。

彼らは隠れキリシタン。お咎めを受けることは承知の上で信仰を守り通した人たちではないのか。それともそれは史実として学んだことの一部だろうか。オラショと声が頭で響く。幻影に耳をすましても、そこには恐怖を感じない。怜は訊いた。

「土門班長。オラショって呪文をご存じですか？」

バックミラーの中で土門のメガネがこちらを向いた。

「安田くんは、それをどこで？」

「三田署です。茅に火をかけられるとき、呟く声が聞こえていました。最初は呪いの呪文だと思ったんですが、よく考えてみると、呪いの声はほかの場所から聞こえたような気がして、一瞬見えた包帯はなんだったのかな。そっちに意識が向いたとたんに、耐えきれないほど頭痛がしたり……」

「今後は頭痛との戦いですね」

土門は口元だけで笑ってから、

「安田くんの能力ですが、ますます磨《みが》きがかかっていくことでしょう」

と言った。首都高へハンドルを切ってから、

「札の辻で処刑されたキリシタンたちは、江戸払いになっていたのですよ」

「え？　すでにお仕置きを受けていたってことですか」

「そうです」

「じゃあ、どうして火炙りの刑になったんですか」

「江戸に戻ってきたからです。現在の台東区にハンセン病患者のための治療院がありまして、彼らは患者を救いたい一心で、江戸に戻って治療院で働いていたところを捕まったのです。安田くんが見た包帯は、殉教者の死を悼む患者たちの象徴でしょう」

それを聞いたとたん、怜は稲妻が背骨を貫《つらぬ》いていった気がした。酷い痛みが心臓から血液に乗って全身を駆け巡り、赤バッジのビニール袋に胃液を吐いた。脳内映像が点滅を繰り返し、ライトに映像の端々《はしばし》が浮かぶ。

惨いことじゃ　あんまりじゃ　これがご正道であるはずがない
我らはすでに穢れた身ゆえ　伴天連《ばてれん》さまの怨みを引き受け……

炎が見えた。オラショの声が重なり合って、信者の体が輝いている。
神は負えないほどの苦しみを負わせはしない。体が焼かれ、皮膚が爛れて血を吹いて、炭化してしまうより早く、信者たちは息が詰まって死んだ。その魂はパライソに。炎のカーテンを悠々とくぐり、安住の地へと向かっていく。
けれどもそれを見せられた者たちは、彼らが感じたはずの痛みと苦しみを代わりに感じて心を燃やす。
あんまりだ。こんなことが許されていいはずがない。腐った肉を手で洗い、布を巻いてくださった方々がこんな目に遭うのなら、神などどこにおわすというのか。

「わかったぞ」

顔面を押さえた指の間から、怜は土門の後頭部を見た。それを見ながら怜の頭は、続くシーンを幻視していた。

「祟っていたのは殉教者じゃない。非道に怒った人々が、殉教者の怨みを晴らすため悪魔に魂を売ったんだ」

「ほほう。なるほど」

バックミラーの中で土門の口角がニヤリと上がる。

「先ほど安田くんが言っていた『オラショ』は呪いの呪文などではなくて、隠れキリシタンだけに伝わる祈りの言葉です。すべてが口伝で古書などに残されていませんが、今も子孫に伝わっているそうですよ」

「あれは祈りの言葉だったんですね、それでわかった。何か違和感があったんです。考えてみれば、殉教者は魂を神に委《ゆだ》ねているわけで、呪ったり祟ったりするはずがなかったんです。死は信仰を貫くためのものだから」

土門は頷き、静かに言った。

「こちらの事件は公にされていませんが、同じ年の十二月三十一日未明、札の辻刑場の敷《しき》地《ち》外で十八名のハンセン病患者が焼身自殺をしています。安田くんの幻視を当てはめるなら、これは彼らが悪魔と契約した証拠なのかもしれません。六倍の犠牲者を出す呪いは、そのとき成立したのでしょう」

「それが四百年近くもかけて、この夜中に履行するってことか……」

呟くと、土門は軽く首を回した。

「悪魔は約束を破りませんが、そもそも人と違うので、約束の履行に思い遣りや愛情は関係しない。三百人は三百人で、それをいつ、どんなふうに、誰を対象に実行するかは契約内容に含まれていなかったんでしょう。徳川家光や火刑に関わった者三百人が焼け死んでいれば、それこそ隠れキリシタン殉教者の祟りと大騒ぎになって、何かが変わっていたかもしれませんけど、悪魔の本望は欺きと謗《そし》り、そして力の誇示ですから、約束を守りながらも裏をかく。どんなに怨みを抱こうと所詮《しょせん》人は人ですから、うまく手玉に取られたんですよ」

激情から愚かなことをしてしまうのは、人間だけだというのだろうか。人は自分の屈辱や苦しみには耐えられても、大切な人がそうされるのは耐えがたい。その人のために泣き、その人のために怒り、その人のために呪うだろう。

怨みを晴らしたいと思うのは、気持ちのやり場に困るのは、愚かで間違ったことなんだろうか……そして六倍の人たちが死ぬ。六倍の、何の関係もない人が。

「契約は成就する。今夜、最後の一人が燃えるんですね？」

「間違いなく」

土門は言った。車は灰色の道路を進む。ビル群の上に広がる空は青くて、巨大な屋外広告物が車の両脇を行き過ぎていく。松林を遠くに望む小高い丘に刑場があったころ、五十人の殉教者を焼く火の手と煙が風に乗り、天空へ流れていくさまを怜は思った。そのとき人々の心は二つに分かれた。殉教者の魂は天へと向かい、無念の思いでそれを見守る信奉者の心は地に潜り、怨みを生んで犠牲を求めた。

人の命が材木のように燃やされた時代があったんだ。この場所に、同じ土地に。

トンネルの手前で鳩《はと》が飛び立ち、その姿を追えないうちに車は土地の下へ潜って、霞が関を目指して進んだ。


土門と一緒にミカヅチ班の部屋へ戻ると、待っていたのは警視正と広目の二人だけだった。赤バッジが神鈴に電話したことで大まかな話は伝わっていたらしく、顔を見るなり警視正が土門に訊いた。

「中村さんはお元気だったかね？」

「相変わらずでした。署の移転に伴い警備員をお辞めになるそうで」

「そうか……札の辻の怪も今夜で終了だしな」

「私としては、あの人が大人しく隠居できるものか甚だ疑問ではありますがね」

「違いない」

と、警視正は言って、わははと笑った。今夜にも誰かが焼け死ぬかもしれないというのに、すでに死んでいる警視正はあまりに呑気だ。怜は広目のそばへ行き、

「神鈴さんはどうしたんですか」

と、訊いてみた。キャラクター付きのポシェットがないので、どこかへ出かけているのだろう。広目はグルリと顔を向け、眼底が透けた目で怜を見つめた。

美しく整った顔に開いた水晶の目は、間近で見ると人ならぬモノのようでゾッとする。だからこそ広目は滅多《めった》に目を開けないのだろう。

「小宮山さんの家まで行った。彼女の家は生産緑地で、畑もあれば水田もある」

水田がなんだというのだろう。考えていると広目は続けた。

「わけがわからんという顔をしているな? 水田があれば藁《わら》がある。今どき都内で藁を持っているのは小宮山さんの家ぐらいだ」

さらにわけがわからなくなっていると、土門が言った。

「神鈴くんが帰ればわかります。今夜は眠れませんから仮眠をとっておくのがいいでしょう。ここは広目くんに任せて、神鈴くんが戻り次第出かけますよ」

土門はデスクをザッと片付け、両脚を載せて腕組みすると、あっという間に眠ってしま

った。広目はもうタイプライターを叩いている。自分のデスクに戻ってその音を聞いているうちに、怜もいつしか眠っていた。


「安田くん、起きて」

神鈴に呼ばれて目を覚ます。

何時だろうと室内を見回したが、地下三階なので窓もなく、同じ景色があるだけだ。スマホで時間を確認すると午後七時を過ぎたところだった。

「よく寝ていましたねえ」

と、土門が笑う。

夢も見ないで寝ていた気がする。室内には美味しそうな匂いが漂っていた。

「お昼食べてないって聞いたから、駅で肉まん買ってきたのよ。熱いうちに食べましょう」

「腹が減っては戦ができぬといいますからね。頂きましょう」

会議用のテーブルに、土門がお茶を並べている。

「いいんですか？　嬉しいな」

怜が席に着こうとすると、神鈴がペシッと腕を叩いた。

「その前に手を洗ってきて。不浄の場所へ行ってきたのに」

「水で障りを落とすのは基本中の基本だ。覚えておけ」

怜が引いた椅子にわざと座って広目が言った。怜は手を洗うために洗面所へ向かう。

ここへ来て数週間になるけれど、ミカヅチ班は妙な場所だと今でも思う。出動要請がかかっても、何のために何をしに行くのか説明がない。何をすべきか指示もない。予め決まっているルーティンの外側にいたら、いつの間にか輪の中に取り込まれて動いてしまうような感じだ。けれども怜にはそれが心地よい。妙なものを見たと口走っても、恐れる者も嗤う者もいない。怜を異端と見る者も。

手を拭きながら部屋に戻ると、警視正以外の三人が、神鈴の顔ぐらいある肉まんを、ふうふう吹きながら食べていた。

「早く食べなよ。熱いうちだよ」

二つに割った饅頭から盛大に湯気が立っている。誰にともなく、

「いただきます」

と頭を下げて、怜は肉まんの包みを開いた。神鈴は半割りを交互に齧《かじ》り、土門は半割りの半分を包みに置いて、残りを千切りながら口に入れ、広目は両手で饅頭を持ち、端から齧る食べ方だ。幽霊になった警視正はお茶（の香り）だけあればいいらしく、自分のデスクでこちらに背を向けている。食べずに仲間を見ていると、神鈴が怖い顔をして訊いた。

「やだ、安田くん。肉まん嫌い？」

「そんなことない、大好きです」

「じゃ、なんで食べないの？」

怜は苦笑した。

「なんか、いいなって思っちゃって。みんなで同じものを食べる感じが」

「バカめ、感慨に浸っている場合ではない。冷めれば旨さが半減するぞ」

口は悪いが早く喰えと言っているのだ。怜は再度「いただきます」と言ってから、神鈴と同じく半割りにした。ダウンライトの明かりで肉汁と脂がツヤリと光り、真っ白な皮が柔らかく裂ける。これを作った人がいて、蒸《む》し上げた人がいて、買って与えてくれた人がいて、一緒に食べる人がいる。怜は幸福を嚙みしめた。


深夜二時三十分。

怜は警視正の髑髏をザックに入れて、ポシェットをたすき掛けした神鈴と一緒にミカヅチ班の車へ向かった。今回別行動の土門が行く先は、三婆ズのところであろうと想像が付く。初春大歌舞伎のチケットがあるから菓子は買わずに済むらしい。もっとも世間は年末年始休業で、菓子を買う店など開いてはいない。地下駐車場に着くと、

「助手席に乗ってくれない？」

と、神鈴が言った。ミカヅチ班の車は地味なグレーの軽自動車で、いつもは警視正と並

んで後部座席に座るので、「わかりました」と言いながらも、（なんでだろう）と思ってい
ると、後部座席にはすでに誰かが座っているのだった。
思わず会釈しそうになって、怜は気付いた。人間じゃない。
それは大量の藁で作った『人の形をしたもの』で、赤バッジが準備してほしいと電話で話していた『ヒトガタ』だった。怜はそれを、紙で切り抜いた形代《かたしろ》のようなものだと考えていた。実物大の案山子《かかし》のような代物だとは思いもしない。生産緑地と藁の話はここにつながっていたということだ。

「これ、小宮山さんの家から持ってきたんですか？」

訊くと神鈴はドアロックを解除しながら「そうよ」と言った。

「小宮山さんにお願いしないと、近頃は藁を手に入れるのも大変なのよ。後ろの席に載ってる包みは漬物だって。小宮山さんは漬物名人で、一年中何かを漬けているのよ。やったことないのは野沢菜漬けだけらしいけど、東京は気温が高すぎて、種を蒔《ま》いてもただの蕪《かぶら》になっちゃうんだって」

漬物が入った包みの脇に警視正の髑髏を置いて、

「この人形も小宮山さんが作ったんですか？」

と、訊いてみた。

「私と一緒にね」

そして神鈴はエンジンをかけた。

「いい匂いだな」

と後部座席に現れた警視正が言う。それが漬物のことか藁人形のことかわからなかったが、車内に干し藁の匂いが充満して、記憶すらない幼《おさな》いころを思い出すかのようだった。

「藁って、こんなにいい匂いがするんですね」

「山羊や牛の気持ちがわかるよね。『アルプスの少女ハイジ』のアニメを観《み》たときは、藁のベッドに憧《あこが》れたもの」

アニメを観られる子供時代じゃなかったので、怜はハイジを知らないが、こんな匂いに包まれて眠るのは素敵だろうとは思う。

二十四時間いる警備員に門を開けてもらって、神鈴の車は警視庁本部を出た。

年末で真夜中の道路は空いているのに、首都高では夜間工事をしていて、むしろスムーズに流れない。通常なら二十分足らずで着ける三田警察署に、怜たちは三十分以上かかって到着した。駐車場に入って裏側へ回ると、中村が留置場の外で待っていた。

「遅いぞ」

と囁かれて神鈴が謝る。夜間工事のせいだと言い訳はしなかった。

怜は素早く警視正の髑髏を背負い、藁人形を抱えて下ろす。中村が用意しておいてくれた車椅子に座らせて中へ運んだ。

「きみのところの刑事を勾留中だ。あんな人相の悪いのが入ったんだね」

いつの間にか警視正が脇に立ち、「お久しぶりです」と、中村に言った。

老齢の中村は目をしばたたきながら、

「おう、折原くんか。将門の首塚で斬首されたんだって？」

などと言う。

「面目ない。直前にこの安田くんから警告されたにも拘《かか》わらず、まんまと」

「マに魅入られたかな。でもまあ元気そうでなによりだ」

話しながらも早足で廊下を進み、留置施設の前に立つ。

「年末でね、収監されているのは酔っ払いばかりだ。前後不覚に眠っているし、もしも何か見たとしても、酔っていたせいだと思うだろう。真実を話しても信じる者はいない。監視カメラは差し替えてあるし、まあ、建物自体も古いから、不具合もよく起きるんだ」

鍵を差し込んでドアを開けると、内部には鉄格子が並んでいた。

「遅《おせ》えっ」

と、赤バッジの声がする。誰をボコボコにして留置されたのか、金髪は乱れて唇が切れ、赤いシャツには血の汚れがついていた。

「ごめん。首都高が工事中で」

「首都高が夜中に工事すんのは当たりめえだろうが。何年警察やってんだ」

「まだ何年もやってないし、私は職員で警察官じゃないわ」

二人が言い合っても、部屋には酔っぱらいたちのイビキが響いている。アルコールの呼気が充満して酷い臭いだ。赤バッジが入れられているトラ箱の鍵を中村が開けると、中で赤バッジが藁人形をよこせと手招く。怜が車椅子から人形を抱き上げて渡すと、赤バッジはそれをベッドに寝かして、警視正の顔を仰ぎ見た。

「ご協力をお願いしても?」

「私かね」

と、警視正は訊いた。

「午前三時を回りました。急いでください」

神鈴が急かすと、赤バッジは『オメエのせいだろ』と言うように彼女を睨んでから、

「悪魔は頭がいいので、ただのヒトガタには喰い付きません」

と言った。

「ならばどうする」

「一肌脱いでいただきたい」

赤バッジは怜に目を移し、大きく顎をしゃくって見せた。

「え?」

「バカか、警視正の頭蓋骨をこっちへよこせと言ってんだ。早くしろ」

怜は思わず警視正を見た。警視正は頷いている。

背負っていたザックを床に下ろして髑髏の入った巾着を引き出し、そのまま鉄格子の中へ渡そうとすると、

「中身を出せトンマ」

と、赤バッジに叱られた。顎が外れないよう気をつけながらガイコツを持ち上げ、赤バッジの手に渡す。すると彼は髑髏を藁人形の頭部に置いた。ふうっと室内を風が抜け、潮と汗と恐怖の臭いが鼻を衝《つ》く。

「来るぞ。どいてろ」

藁人形の脇に跪き、赤バッジが低い声で言う。その声はゾクゾクするような響きを持っている。中村に袖を引かれて、怜は神鈴と共に後ろへ下がった。

酒で体が麻痺《まひ》した連中の無遠慮なイビキが室内に響く。と、吐く息が白く凍り付き、天井のライトが点滅した。怜は咄嗟に神鈴の前に出た。そのままジリジリと後ろへ下がる。

中村と警視正は同じ位置に立ったまま開脚し、背中で腕を組んでいる。ジジジジ……明滅するライトのせいで、鉄格子や、その奥に跪く赤バッジや、ベッドに寝かされた藁人形がストロボのように浮かんで消える。

——ろくばいだ……ろくばいだ……——

鉄格子が並ぶ室内を微かな声が這ってくる。風は耐えがたいほど臭くなり、怜は思わず

鼻を覆った。ブーン、ブーンと虫の羽音が耳元でする。動物が肉を喰らう音もする。

――誰が……を……れたんじゃ。こんな惨い話があるか……あんまりじゃ――

ズルリ、ピタン。ズルリ、ピタン。何かが床を這っている。膿《う》んだ傷口の臭いがする。ライトはさらに明滅し、赤バッジの姿が激しく浮かび、激しく消える。酔っ払いのイビキが聞こえるたびに、怜は心臓がバクバクとする。その音で何かを呼び覚ましてしまう気がするからだ。体中の毛穴が開く。そこから恐怖が染みてくる。次にライトが明滅したとき、怜は赤バッジと藁人形の前に、立ったり座ったり這ったりしている人々が無数に集まっているのを知った。ここから正面は見えないというのに、その人々の目が怒りに燃えているのがわかる。深い悲しみが怒りに火を点け、即座に固い決意となった。

我らはすでに穢れた身ゆえ、伴天連さまの怨みを引き受け、地獄へゆこう。

その奥には絶望があり、自分を疎む気持ちがあり、他者を憎み、運命を呪う炎が燃える。そうか。そうだったのか。怜は固く拳を握った。生きながら器を失っていく恐怖と自己嫌悪、そして悲しみ。その絶望に殉教者の火炙りが引火して、悪魔を巻き込み、炎上したんだ。胸に慟哭《どうこく》がこみ上げてくる。なんて悲惨な出来事だろう。誰もそれをわかってあげられなかった。『六倍』の怨念は魂の叫びだ。人の輪から切り離されて、捨てられた人々の、わかってほしいという悲しみなんだ。

そのとき電気が消えて暗闇となり、ぼう、と音がして白煙が上がった。

次にはトラ箱の床から真っ赤な炎が噴き出した。

火の明るさで様子が見えた。ベッドに置かれた藁人形が燃えている。脇に赤バッジが仁《に》王立《おうだ》ちして、その目が赤く光っている。炎の中に人影があるのは、彼らを取り囲んだ人々も燃えているからだ。

ろくばい……ろくばい……その声が、怜には違って聞こえる。

悪いことはしていない……悪いことはしていないのに……どうして我らだ……どうしてだ……怜は思わず鉄格子を摑んだ。赤バッジが振り返り、燃えるような眼で怜を睨んだ。剃り落とした眉のあたりに角が生えている。奇態に曲がりくねった山羊の角だ。

「あなたたちのせいじゃない。ただの病気だ。あなたたちは悪くない」

炎はトラ箱の内部を走り、竜巻のように旋回した。

鉄格子は焼けて熱くなり、それを摑む怜の手を焼いた。

「許してください、どうか許して。あなたを疎んだわけじゃなく、怖かっただけなんです。理解できないから怖かった。あなたたちは悪くない」

「安田くん、手を離して」

神鈴が飛んできて怜の腕を引っ張ったけれども、怜は炎に向かって言った。焼かれることで肉体が浄化する幻影を、彼らは見ている。侵された器を焼き切ったなら、残されるのは怨みだけ。それが土地に染みついて、悪魔に利用されたのだ。

「あなたたちのせいじゃない。ごめんなさい、ごめんなさい……」

「手を離しなさい！　火傷する」

神鈴が叫んだとき、中村に羽交《はが》い締《じ》めにされて、怜は鉄格子から引き剝がされた。

「わーははははは……」

おぞましい高笑いがして、怜は床を引きずられながら声の主を見た。

それは燃えさかる炎の脇に立ち、人ではない顔で嗤う赤バッジの姿だった。膨れ上がった上半身、両腕は天に向け、背中はコブのように盛り上がり、下半身があまりに細い。太股から膝までが後ろに折れて、足先に蹄《ひづめ》があるかに見えた。そのおぞましい姿が炎に浮かんだのは一瞬で、炎は藁人形を焼き尽くし、焼身自殺をした者たちの幻影も消えた。ドスンと音を立てて赤バッジが倒れ、電気が点いて、明るくなった。

室内には煙が充満し、酔っ払いの収監者たちの噎《む》せる音がする。中村は怜を床に座らせ、焼け爛れた両手に冷却剤を噴射した。鉄格子を摑んでいたときにはわからなかったが、今は刺すような痛みを感じる。思わず手を引っ込めそうになるのを、

「すぐに冷やさないと癒着するわよ」

手首を摑んで神鈴が言った。小柄なのに凄い力だ。

「ここはよく小火を出すのでね。準備は万端にしているんだよ」

中村はそう言うと、救急箱から薬を出せと視線で神鈴に合図をした。

トラ箱の壁や天井に炎の模様が残されている。藁人形は焼けて灰になり、簡易ベッドの表面も燃え、そこに警視正の頭蓋骨が載っている。真っ白だったはずなのに、煤で黒く汚れている。鉄格子には怜の手の皮が貼り付いて、ちょっとしたホラーのようだ。

ジェル状の薬を塗ってもらって、包帯でグルグル巻きにされたころ、倒れていた赤バッジが頭を振りながら体を起こした。そのまま床に胡座《あぐら》をかいて、彼は訊いた。

「終わったか?」

「無事にな」

と、答える警視正の顔が、煤で真っ黒になっていた。

プー、プー、と無線が鳴って、中村が受信ボタンを押した。相手の声はノイズが入って聞きにくかったが、留置場の空き具合を確かめる無線だったらしい。

中村はミカヅチ班に視線を振りつつ、

「こちら空きがありません。ほかへ要請願います」

と言って無線を切った。

解錠を願うブザーが鳴って、モニターに土門の丸い顔が映る。中村が入口の扉を開けると、掃除道具一式を乗せたワゴンを押して、土門が三婆ズと一緒に入ってきた。

「終わりましたか?」

と、訊く。

「あらぁ臭いわー。焦げ臭いより酒臭い。わたくし酔っ払いは嫌いなのよ」

リウさんが顔をしかめると、

「自分のほうが飲兵衛《のんべえ》のくせにな」

と、小宮山さんが笑った。

「あらら？　警視正まで真っ黒だねぇ」

煤だらけの警視正に千さんが目を丸くする。ボリューム満点のアフロドレッドはヘアキャップに収納しきれず、今夜も額から浮いている。ようやく赤バッジは立ち上がり、警視正の髑髏を抱いて鉄格子の奥から外へ出てきた。

「汚してしまってすみません」

差し出された自分の髑髏に目を落とし、警視正は残念そうな顔をした。

「いいって、おれが拭いてやる」

小宮山さんが手を出すと、警視正は髑髏と小宮山さんの間に立ちはだかって、

「可能であれば神鈴くんに拭いてほしいな」

と、苦笑した。

「それってあれよね？　セクハラよね？」

リウさんが意地悪そうに言ったけれども、小宮山さんは意に介す素振りもなくて、すでにトラ箱の掃除を始めている。

「早くやらんじゃ、夜が明けちゃうよ」

言われてリウさんもトラ箱に入った。三婆ズのお掃除技術は素晴らしく、壁に広がった炎の跡も、鉄格子を抜けてあたりに散った藁の灰も、みるみるうちに消えていく。留置場にイビキが絶えないことに不審を抱いて怜は訊いた。

「もしかして中村さん。収監された人たちに何か盛ったんですか？」

中村は皺だらけの顔でニタリと笑った。

「気付けの水にね。なに、ほんの少々だ」

そう言って見せられたのが何の薬かわからなかったが、怜は六倍の怨念よりも、この人たちのほうが数倍恐ろしいんじゃないかと思った。

千さんは容赦なく焼けたベッドのカバーを剝いで、新しいカバーに張り替えている。床も壁も天井までもきれいにすると、赤バッジは二人部屋の床で寝ていた三人目の酔っ払いを肩に担いで連れてきて、きれいになったベッドに寝かせ、自分の赤いシャツと着せ替えて外に出た。その房に施錠しながら中村が言う。

「捜査一課の刑事がトラ箱入りではさすがにマズい。極意くんはすでにクレーム持ちだしな。まあ、赤シャツが目立つから、隠蔽工作はこれでよかろう」

収監者が着ていたシャツは赤バッジには小さいようで、わずかに臍《へそ》が見えている。大学生のとき、花見で泥酔した後輩が公園で夜を明かして、気がついたときには誰のものかわからないボロ服を着ていたという話を聞いたことがあるが、酔っ払いが遭遇する怪異の真実は、案外こんなものかもしれない。

掃除が終わった留置場内は何事もなかったかのようで、イビキだけが姦《かしま》しい。

「ここは取り壊し前の古い施設だから設備も甘いが、新しい庁舎になったら処理には苦労することだろう。近頃はなんでもかんでもハイテクだからな」

ひと仕事を終えた現場を確認するようにして中村が言う。その横顔には淋《さみ》しさとも達成感とも取れる表情が浮かんでいる。

「そうですが、札の辻の怪異は今夜で終わりですからねえ。新たな三田警察署にミカヅチは必要ありません」

そう言うと、土門は中村に対して姿勢を正した。

「長らくお疲れ様でした」

土門が彼に敬礼すると、神鈴も赤バッジも姿勢を正し、同様に敬礼をした。

対する中村の返礼は、警視正に向けて行われた。神鈴に髑髏を拭いてもらって、額のあたりだけきれいになった警視正も、大先輩に敬礼しながら微笑んだ。

「ほれ、敬礼もいいけど、急がねえとヤバいんじゃねえの？」

掃除用ワゴンに手をかけて小宮山さんが言う。

「新入りの坊ちゃんを病院へ連れていかないと、火傷はあとが怖いわよ」

リウさんの言葉で土門たちは留置場を出た。土門が三婆ズを連れて出ていくと、神鈴と赤バッジがそれに続き、警視正の髑髏を背負った怜があとを追う。

留置場のドアの外まで出てくると、中村が怜に訊いてきた。

「新入り。きみの言葉は届いたと思うか」

怜は振り向き、瞳を伏せた。

「わかりません」

「そうか。ではなぜ怪我をしてまで彼らに叫んだ？」

「それも……よくわからないです。六倍の怨念が発動した瞬間、なんか、彼らの無念が身に染みて……殉教者の怨みを晴らすと言いながら、裏には彼ら自身の怒りや悲しみがあったんだなって、だから、あの人たちはたぶん……」

考えて、言葉を選んで、怜は言った。

「病気ごと燃えてしまいたいって、ずっと望んでいたのかもしれない。ぼくは同じ人間として、あの人たちにそんなふうに思わせてしまったことが悲しかったし、謝りたかった。声は届かなかったかもしれないけれど」

視線を怜の後ろに向けて、中村は頷いた。

「首が落ちたのは残念だったが、折原くんはいい新人を見つけたな」

「恐縮です」

と、警視正が言う。中村は怜に目を向けて、

「安田くんは浅草橋の甚内《じんない》神社へ行くといい」

「どうしてですか？」

老警備員は微笑んで言う。

「江戸時代に治療院があった場所だからだよ。そこへ行って彼らに報告してやりたまえ。六倍の呪いは満願成就だ。境遇を呪うのはもうやめて、新しい命に還《かえ》りなさいと」

きみならそれができるだろう？

怜はメッセージを受け取った気がした。

「彼らは悪魔と契約したのに、魂を獲《と》られなくて済むんでしょうか？」

いつの間にか中村の横に立って警視正が笑う。いかにも意地の悪そうな、それでいて清々しいほどいたずらっぽい顔をしている。

「悪魔は約束を果たせていない。なんといっても三百人目の犠牲者は、私の髑髏と藁人形だったのだからね。つまり彼らの魂を喰うことはできないのだよ。なに、十八人と契約して二百九十九人の命を取ったんだ。向こうも損はしてないさ」

怜は腰が抜けそうにグラリとし、壁に手をついて痛みに喘《あえ》いだ。

「気をつけてくれ。私の髑髏を背負っているんだから」

警視正はそう言って、今度は優しい顔で笑った。

「ではな。私も監視カメラの映像を戻さなきゃならん」

中村は戻り、怜も駐車場へと急いだ。

「クソバカ、何やってんだ、早くしろ」

後部座席のドアを開け、脇に立って赤バッジが貧乏揺すりしている。

自分か警視正のために開けてくれたのかと思ったが、怜の姿を確認すると、悪態を吐いて後部座席に乗り込んだ。仕方なく、ザックを前抱きにして助手席に乗ると、

「遅いわよ」

神鈴からも叱られた。

「すみません」

痛みに顔をしかめながらドアを閉めると、神鈴は静かに発進した。

ザックを抱いたままなので、警視正は怜の膝に腰掛けている。

「あの、極意さん。すみませんけど警視正のザックを後ろに置いてもらっていいですか」

警視正の項にある生々しい傷を見ないようにして振り向くと、赤バッジは後部座席に寝転んで脚を組んでいた。

「やだね」

「え、なんで」

「決まってんだろ? オービスに俺の顔が写っちまったらどーするつもりだ。軽自動車な

んだし、後ろは満杯。残念だったな」

「え、だって、警視正がぼくの膝の上なんですよ」

「私は別にかまわんよ」

グルリと首を回した警視正の顔が近すぎて、怜はぎゃあと言いそうになった。

「警視正の姿は普通の人には見えないし、定員オーバーでもないから大丈夫よ。それより早く警察病院へ行って、薬もらって手当しないと、感染症を起こすわよ」

「そうだな。神鈴くん、急いでくれたまえ」

警視正は不安定に頷くと、偉そうな口調で指図する。

「……じゃあ、せめて折原警視正……首を前に向けてもらえませんか」

泣きそうな声でお願いすると、

「うぎゃはははは」

と、後部座席で赤バッジが笑った。

「悪魔憑きのくせに、もっと重々しく笑うとかできないの?」

呆れ顔で神鈴が言う。

そうか、炎の中で笑っていたのは、酷薄でゾッとするおぞましい笑い声は、あれはやっぱり極意さんじゃなかったんだな。

口も悪くて顔も怖くて意地悪だけど、素の彼の笑いかたはけっこう好きだ。

三田警察署の駐車場を出たとたん、神鈴の運転は荒っぽくなった。車通りの少ない道を気持ちよさそうに進んでいく。いっときの激情が生んだ火傷は痛んだけれど、怜はなぜか清々しくて、へんてこりんな赤バッジの笑い声を土門や広目にも聞かせてやりたかったなと思う。笑い声ほど素敵なものって、世の中にはそんなにない気がする。

あの人たちも笑えるといい。命の輪に還って生まれ、今度は笑えるようになるといい。

大晦日の朝はまだ遠く、太陽が昇る気配もないが、闇はいくらか薄まって、空に満月が輝いていた。

※注釈：実在の警視庁三田警察署は平成十九年（二〇〇七）に札の辻から芝浦四丁目に移転しています。

エピローグ

神鈴はミカヅチ班の軽自動車で中野区にある東京警察病院まで送ってくれた。警視正の髑髏が入った巾着は病院の駐車場で赤バッジの手に渡り、怜だけが救急外来で下ろされて火傷の治療をしてもらい、これから戻りますと報告するため土門の携帯に電話をかけると、バックヤードで三婆ズの姦しい声がしていた。

時刻は午前七時を過ぎたところで、月と太陽が一緒に空にいる。

「怪我の具合はいかがです？」

と、土門は訊いた。

「皮膚が突っ張ることなく治るそうです。ご心配をおかけしてすみませんでした」

ヤッホー、見習いちゃーん。と声がする。リウさんだ。

あんたは馬鹿だが可愛いよ。と、言っているのは小宮山さんで、次からは片手だけにしときなよ。と、千さんの声もした。

「……見習いちゃんって……ぼくのことですか」

「あだ名がつくのはいいことですよ」

「なんか騒がしいけど、土門さんは本庁ですよね」

「それが、まだなのですよ。小宮山さんをご自宅へ送ったところで、漬物をね」

神鈴ちゃんにも持たせたからな。と、小宮山さんの声がする。

土門はヒソヒソ声になり、

「漬物の話になると長いんですよ。樽《たる》を並べて、冷蔵庫からもタッパーがどんどん出てきて……私はご主人にお茶をもらって、リウさんと千さんにすべての品が行き渡るのを待っているわけでして、もうしばらくかかると思います」

それはお疲れ様ですと怜は言った。

「安田くんは当番勤務の最中でしたね？　本日は夜九時までに出勤してくれればいいですよ。徹夜でしたし、怪我もしていますしね。班には私から連絡を入れておきますので」

そう言ってから、土門は笑った。

「先ほど中村さんから電話があって、安田くんを貸してほしいと言われましたよ。浅草橋の甚内神社へ行くそうですね？」

「いいんですか」

と、怜は訊いた。

「大先輩の指令ですしね、十年近くも札の辻で無念の火を見守り続けてきた人ですから。彼は調伏《ちょうぶく》を生業《なりわい》とする拝み屋の家系で、あちらのものと交信するなかれというのが信条で、だから少し驚きました。行ってきてあげてください。中村さんのためにもね」

「わかりました」

顔に深い皺を刻んだ老警備員の笑顔を思い出す。

土門さんもキムチ持ってくか？　という小宮山さんの声と、キムチは勘弁してください、車が臭くなりますから、と、土門の取り乱す声を聞きつつ通話を切った。

その神社はアパートや商用ビルが建ち並ぶ下町の、知らずにいれば通り過ぎてしまいそうな路地裏にひっそりとあった。畳程度の参道と、小さな鳥居とお社と、慎《つつ》ましやかな手水舎《ちょうずや》に、枝を払われたご神木が一体。もともとは別の場所にあった神社が関東大震災で焼失し、この地に移されたと由緒書きに記されている。周囲の人々から崇敬されているらしく、石畳も拝殿も清々しい。

怜は神社に参拝してから、手水舎の脇に背負ってきたザックを下ろした。とても重かったのは、ペットボトルの水を何本も買ってきたからだ。社殿に坐《いま》す神様ではなく、その下の地面に留まる『魄』に向かって頭を垂れる。

辛かったね。苦しかったね。怖くて不安で悲しかったね。

その痛みのほんの少しが、火傷した両手に宿っている。包帯だらけの両手を何度か開いて、閉じて、怜は歯を食い縛り、ペットボトルのキャップを切った。赤剝《あかむ》けた手のひらから血が滲《にじ》み、肉が擦れる感触があったが、かまわない。

彼はペットボトルを持ち上げて、狭い参道に水を撒いた。爛れた肉や病禍とともに炎の熱さが和らいで、渇いた心が潤《うるお》えばいい。地面に染みて魄を流して、過去ではなく未来に目を向けられるようになればいい。あなたたちは死んだんだ。もう苦しむ必要はない。光のほうへ歩いていって、新しい命になれますように。

「すべて終わったんですよ」

二本目を撒いて、三本目を開けた。

手のひらが血でヌルヌルしたけれど、かまわなかった。オラショを唱えた人々は肉体を捨ててその先へ行った。彼らは苦しんでなどいない。だからあなたたちもそうしてください。三本目の水を撒いたとき、敷石《しきいし》にこぼれた水が生き物のように蠢いた。まるでスローモーションを見るように、ゴクン、ゴクン、と躍動している。ああ、彼らが飲んでいるんだと怜は思った。四本目の水を撒いたとき、躍動はさらに大きくなって、胸のあたりに熱を感じた。炎ではなく日だまりのような。

いつしか怜は手水舎の脇に跪き、自分で自分を抱きしめていた。翼もないのに翼を広げ、そして空へ飛び立つ幻影を見る。幻影の空は青くなく、ただ光で満ちている。解き放たれた心が飛んでいく。それを見送っているうちに、映像はご神木と入れ替わり、建物の隙間に実際の空が見えてきた。怜はふうと溜息を吐き、立ち上がって膝を払おうとして、火傷の痛みに顔を歪めた。彼らはもっと痛かったろう。もっと苦しみ続けたのだろう。

「でも、終わった」

ペットボトルを回収し、ザックに詰めて境内《けいだい》を出て、一礼してから通りを戻った。

ここに来て思い出したことがある。彼はいつしか小走りになって、ミカヅチ班に拾われる前にバイトしていたコンビニへ向かっていた。

そのコンビニはビルの一階に店舗を構え、目隠し壁の奥がゴミの集積所になっている。そこにはホームレスだったお爺さんの地縛霊が棲んでいて、臨終のとき目にした廃棄弁当に執着している。弱った体は弁当を漁《あさ》ることすらできなかったが、怜はゴミ出しに行くたび爺さんの死に場所に供物を置いて、消化のいい食べ物から、ついには唐揚げを供えられるまでにした。でも、弁当はまだ供えていない。

「色々あって忘れてた。爺さん、ごめん」

早い夕暮れが忍び寄る。明かりが灯り始めた街を電車は走り、カウントダウンを心待ちにする人々の華やいだ空気が伝わってくる。

昔から怜はイベント月が苦手であった。とくに盆とクリスマスと正月は、『おまえには一緒に過ごす家族がいない』と、現実を思い知らされるような気になった。

暮れていく窓が鏡になって自分の姿が映り込む。着た切り雀《すずめ》のパーカーを失って、今は安いコートを着た自分。ボサボサだった髪を切り、前髪で顔を隠すことができなくなった自分。両手を包帯でグルグル巻きにして、つり革に摑まることもできなくて、けれど清々しい顔をして、そこにいる自分が少しだけ好きだ。

世話になった店長の店で弁当と、ついでにワンカップの酒も買ってあげよう。

爺さんの幽霊は、それを食べたら成仏してくれるかな。

窓に映った自分が微笑む。

しばらくしてからまたコンビニを訪れたとき、店長はきっとぼくに言う。

――そう言えば安田くん、裏のゴミ捨て場の変な気配が消えたんだよね。きみ、大晦日に買い物に来てくれたろう？　あの後からさ、きれいさっぱり消えたんだ。

不思議だけど本当なんだよ――

街には人が溢れている。そしてみんなで新年を迎える。

それはたったひと晩の、いつもと同じ時の流れで、けれどいつもとは違っている。ぼくはひとつ年を取る。みんなもひとつ年を取る。そのことを、怜は初めて考えた。

土門も、広目も、赤バッジも神鈴も、警視正以外は年を取る。

その考えが気に入って、怜は顔を上向けた。今夜は警視正とカウントダウンだ。相手が幽霊であったとしても、新年おめでとうと互いに言おう。

車窓の向こうのいつもの街が少しだけ、輝きと温かみを増した気がした。

to be continued.

参考文献

「死ぬ程洒落にならない怖い話を集めてみない？」2ch　オカルト版スレッド
『図書館と「聖徒の交わり」』坂井信三（南山大学図書館カトリック文庫通信）
https://office.nanzan-u.ac.jp/library/publi/item/katholikos32.pdf
「関東地震（1923年9月1日）による被害要因別死者数の推定」諸井孝文（武村雅之　日本地震工学会論文集）
https://www.jaee.gr.jp/stack/submit-j/v04n04/040402_paper.pdf
『関東大震災と横浜　廃墟から復興まで』横浜都市発展記念館・横浜開港資料館（公益財団法人横浜市ふるさと歴史財団）
『新編　日本のミイラ仏をたずねて』土方正志（天夢人・山と渓谷社）
『江戸・東京の事件現場を歩く』黒田涼（マイナビ出版）
『江戸街談』岸井良衞（毎日新聞社）

本書は書き下ろしです。
この物語はフィクションです。実在の人物・団体とは一切関係ありません。

〈著者紹介〉

内藤 了（ないとう・りょう）

長野市出身。長野県立長野西高等学校卒。2014年に『ON』で日本ホラー小説大賞読者賞を受賞しデビュー。同作からはじまる「猟奇犯罪捜査班・藤堂比奈子」シリーズは、猟奇的な殺人事件に挑む親しみやすい女刑事の造形がホラー小説ファン以外にも広く支持を集めヒット作となり、2016年にテレビドラマ化。

桜《さくら》底《そこ》

警《けい》視《し》庁《ちょう》異《い》能《のう》処《しょ》理《り》班《はん》ミカヅチ

2022年1月14日　第1刷発行　　定価はカバーに表示してあります

著者……………………内藤《ないとう》 了《りょう》

発行者……………………鈴木章一

発行所……………………株式会社 講談社

〒112-8001 東京都文京区音羽2-12-21

編集03-5395-3510

販売03-5395-5817

業務03-5395-3615

KODANSHA

本文データ制作…………講談社デジタル製作

印刷……………………株式会社広済堂ネクスト

製本……………………株式会社国宝社

カバー印刷………………株式会社新藤慶昌堂

装丁フォーマット…………ムシカゴグラフィクス

本文フォーマット…………next door design

ISBN978-4-06-526703-5　N.D.C.913　244p　15cm

呪《のろ》いのかくれんぼ、死の子守歌、祟《たた》られた婚礼の儀、トンネルの凶事、
桜の丘の人柱、悪魔憑《つ》く廃教会、生き血の無残絵、雪女の恋、そして——

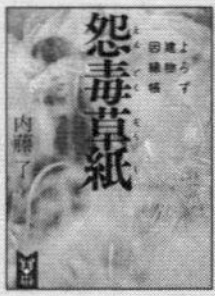

これは、〝サニワ〟春菜《はな》と、建物に憑く霊を鎮魂する男——仙龍《せんりゅう》の物語。

よろず建物因縁帳

内藤 了

講談社
タイガ

よろず建物因縁帳シリーズ

内藤 了

鬼の蔵
よろず建物因縁帳

山深い寒村の旧家・蒼具《あおぐ》家では、「盆に隠れ鬼をしてはいけない」と言い伝えられている。広告代理店勤務の高沢《たかざわ》春菜《はな》は、移転工事の下見に訪れた蒼具家の蔵で、人間の血液で「鬼」と大書された土戸を見つける。調査の過程で明らかになる、一族に頻発する不審死。春菜にも災厄が迫る中、因縁物件専門の曳《ひ》き屋《や》を生業《なりわい》とする仙龍《せんりゅう》が、「鬼の蔵」の哀しい祟《たた》り神の正体を明らかにする。

よろず建物因縁帳シリーズ

内藤 了

首洗い滝
よろず建物因縁帳

クライマーの滑落事故が発生。現場は地図にない山奥の瀑布《ばくふ》で、近づく者に死をもたらすと言われる「首洗い滝」だった。広告代理店勤務の高沢《たかざわ》春《は》菜《な》は、生存者から奇妙な証言を聞く。事故の瞬間、滝から女の顔が浮かび上がり、泣き声のような子守歌が聞こえたという。滝壺より顔面を抉《えぐ》り取られた新たな犠牲者が発見された時、哀しき業を祓《はら》うため因縁物件専門の曳《ひ》き屋《や》・仙龍《せんりゅう》が立つ。

講談社タイガ

よろず建物因縁帳シリーズ

内藤 了

憑き御寮

よろず建物因縁帳

職人の死に顔は、笑っていたそうだ。広告代理店勤務の高沢《たかざわ》春《は》菜《な》が博物館展示の視察に訪れた、かつての豪商・藤沢《ふじさわ》本家。屋敷ではふたりの職人が、帯締めや振り袖を首に巻き付け不審死を遂げていた。春菜は因縁物件専門の曳《ひ》き屋《や》・仙龍《せんりゅう》に相談する。そこには彼の父すら祓《はら》えなかった呪《のろ》いがあった！　仙龍は自らの命を賭《と》して、『死の花嫁』にとんでもない奇策を仕掛けるが——!?

講談社タイガ

よろず建物因縁帳シリーズ

内藤 了

犬神の杜
よろず建物因縁帳

死体は全身咬《か》み痕《あと》だらけだった。嘉見帰来山《かみきらいやま》にトンネルを通す工事のさなか、事務員二人が不吉な黒犬を目撃し、相次いで不審死を遂げる。憑《つ》き物体質のOL・高沢春菜《たかざわはるな》は、事件を調査中、霊峰に伝わる廃村の焼失事件と犬神の祟《たた》りについて耳にする。やがて春菜の前にも現れた黒犬。命の危機に瀕《ひん》した春菜を救うための曳《ひ》き屋《や》・仙龍《せんりゅう》の秘策——それは因縁の『山』を曳くことで……⁉

講談社タイガ

よろず建物因縁帳シリーズ

内藤 了

魍魎桜
よろず建物因縁帳

土地を支えていたのはミイラ化した人柱《ひとばしら》だった。漆喰《しっくい》の繭《まゆ》に包まれた坊主の遺骸《いがい》が発掘されると同時に、近辺では老婆の死霊が住民を憑《つ》き殺す事件が多発。曳《ひ》き屋《や》・仙龍《せんりゅう》と調査に乗り出した広告代理店勤務の春菜《はな》が見たものは、自身を蝕《むしば》む老婆の呪《のろ》いと、仙龍の残り少ない命を示す黒き鎖だった——！　ひそかに想いを寄せる仙龍のため、春菜は自らのサニワと向き合うことを決意する。

講談社
タイガ

よろず建物因縁帳シリーズ

内藤 了

堕天使堂《サタンのいえ》
よろず建物因縁帳

悪魔憑《つ》く牧師は妻子の首を持ち去り消えたそうだ。設計士・長坂《ながさか》が買い取った曰《いわ》くつきの廃教会。蠅《はえ》の死骸が飛び回り工具が宙を舞い指を切り落とす異様を目の当たりにした春菜《はな》と曳《ひ》き屋《や》・仙龍《せんりゅう》は、過去の陰惨な雪山学生リンチ殺人に隠された所以《ゆえん》を辿《たど》る。底知れない悪意が春菜を狙《ねら》うなか、サタンの家に隠された因を特定するべく、仙龍は長坂を使った予想外の作戦を提言する――！

講談社タイガ

よろず建物因縁帳シリーズ

内藤 了

怨毒草紙
よろず建物因縁帳

死際《しにぎわ》の翁《おきな》は生首の絵を描いていたそうだ。持仏堂《じぶつどう》を曳《ひ》いた後、怪異が起こるようになった東按寺《とうあんじ》。調査に出た春菜《はるな》は、無残な死に様の死体が転がる地獄を幻視する。なぜ怪異は起きたのか。死期の迫る曳き屋・仙龍《せんりゅう》は、春菜が幻覚を視《み》ている間、地獄を描きたい欲求に囚われたことに注目する——。歪《ゆが》んだ情念を生き血で描いた怨毒草紙、その奥に潜む冥《くら》き陰謀とは。因縁帳、転ず。

講談社タイガ

よろず建物因縁帳シリーズ

内藤 了

畏修羅《イソラ》
よろず建物因縁帳

葬儀に訪《おとな》いし白装束の女は、にたりと笑って掻き消えたそうだ。
春菜《はな》が勤めるアーキテクツに異変。連日見つかる絡まった黒髪や不気味な人影の怪は、連続不審死事件に発展する。色男だが高慢なエリート・手島《てじま》を守るため、仙龍《せんりゅう》は奇怪な〝匣《はこ》〟を用意する。一方、刻々と迫る仙龍の死を止めたい春菜は隠温羅流《おうらりゅう》の深淵に迫る。手がかり潜む出雲で、異形の瘴気《しょうき》を背負った女と出会うが——。

講談社
タイガ

よろず建物因縁帳シリーズ

内藤 了

蠱《や》峯《ね》神《がみ》
よろず建物因縁帳

かの屋根下へ踏み入った者は、声も発さず事切れたそうだ。
建築士・長坂から緊急要請。出入り不能の屋根裏に祀られた神が、市の職員を惨殺した疑惑が浮上する。地域を護る善神はなぜ変貌を遂げたのか。吉備津にて隠温羅《おうら》流の祖にたどり着いた春菜《はるな》と仙龍《せんりゅう》は、ついに神代へとつながる悲しい因果の糸を摑み取る。仙龍の命を削る瘴気《しょうき》の鎖は切断できるのか――因縁帳、終章開幕！

講談社
タイガ

よろず建物因縁帳シリーズ

内藤 了

隠温羅《おうら》
よろず建物因縁帳

因縁の糸、終《つい》に解ける。踏み入る者を惨殺する蠱峯神《やねがみ》の源流は隠温羅流にあると発覚。春菜《はな》に結婚を申し入れた仙龍《せんりゅう》は、42歳で死ぬ自らの運命に過去最大の曳家《ひきや》をもって立ち向かう。一方、身体に鬼の痣を宿した春菜は、鏡張りの屋根裏に隠された意図を直感し、雷助《らいすけ》和尚や小林教授と共に調査を開始する。因縁帳、これにて堂々閉幕！　そして、最後の物語はかの男の死から始まる。